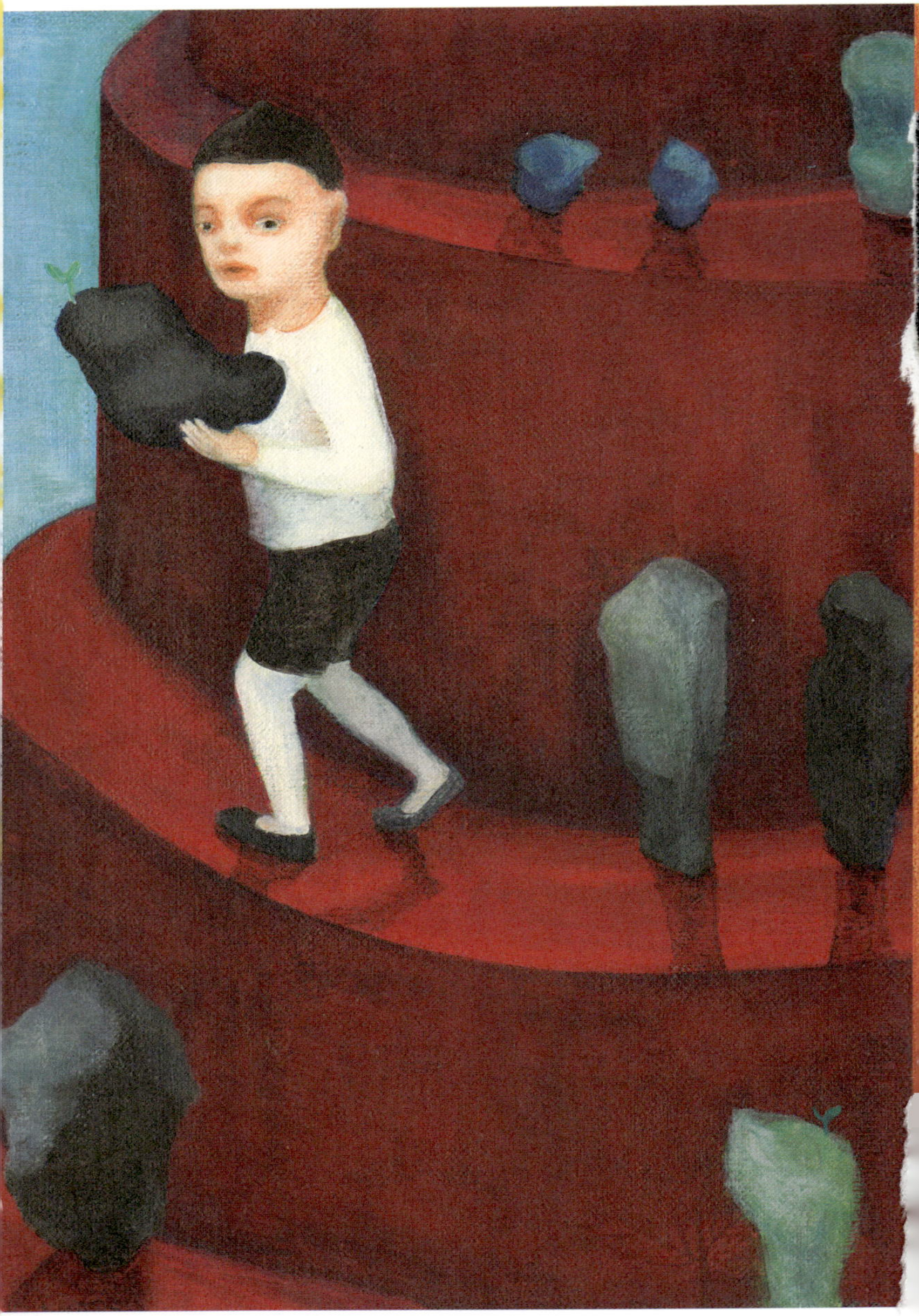

生きとし生ける空白の物語——目次

カシワザキ　ざわめく空白

済州島オルレ巡礼　空白のほうへ

カシワザキ

ざわめく空白

1　光を想う

これから語り起こされるのは、行方の知れぬ旅の物語。それはカシワザキにまつわる旅の話で、（あえて言うなら新潟の柏崎なのだけど、でも柏崎ではなく、片仮名でカシワザキ。これには深いわけがある……）、そのはじまりは、泥と潮にまみれた水道管を黙々と洗ったあの日のことから話したいのです。

東北のある海辺の町での出来事でした。二〇一一年の六月も半ば、日差しにはもう夏の気配。暑かった。ボランティアセンターで紹介を受けて、津波でなにもかもが押し流されてしまった町の、水道工事屋さんの、幸い高台にあって流されずに残った倉庫の庭で、滲み出る汗を首に巻いたタオルで拭きながら、朝十時から午後三時まで。水道工事屋さんが必死に泥と瓦礫の中から拾い集めてきた大きなバケツいっぱいのさまざまな形をした水道管を、水道はまだ通じていないから、井戸水でひたすら洗った。ワイヤーブラシでがりがりと、泥も潮も錆もこそぎ落とした。

水によって破壊しつくされた暮らしがよみがえりますよう、命を潤す水が戻ってきますよう、この水道管を一日も早く命の水が流れますよう……、そんなことを念じながら、それも言葉にはならずに、ただ体を動かした。

三月のあの日以来ずっと、つながる言葉を私は見つけかねていました。それはつまり、共に生きる言葉、いまいちどはじまりを生きなおす言葉を見つけかねているということでもありましょう、(頑張ろうとか、ひとつになろうとか、条件反射で口から飛び出すような便利な言葉は、言葉というよりむしろ音、もしくは号令。そんな言葉ほど、パレードのように人を束ねて動かす危ない音にもなるから厄介至極)、そう、だから、今は言葉は見つからなくとも、条件反射の音の群れだけにはのまれぬよう、踏みとどまって、じっと待つ、静かに寄り添って待つ、全身全霊で待つ。そんなことを自分自身に刻みつけるようにして、黙々と水道管を洗っていた、そのとき、傍らにいた海辺の町出身の女性が、ふっとこんな話をしたのです。

あの日、三月十一日の夜、高台に逃げのびた町の人々が、跡形もなく真っ暗闇の底に沈んだ町を見つめていた。人も物も家もすべてが形をなくした夜の底の町。不意に光が灯る。

あるはずのない光が一つ、二つ、ぽっぽっと、五つ、十、百、闇の底から浮かび上がる無数の光。やがて無数の光の行列が海の方へと動いていった。高台に立つ人々は静かに光を見送った。

光がね……、ああ、光なんですね……、ぽつり、ぽつりと声を行き交わせ、水道管を洗う。祈る。私自身のうちにもひそかに灯っているかもしれぬ光を覗きこんでみる。

光。生きて死んで生きなおしてゆく者たちひとりひとりの胸の底に渦巻く形にならぬ思い。（津波、凶作……、ぎりぎりの生と死で紡がれた歴史の中にある東北・三陸とは、「生き死にの物語が無数に埋もれた土地」と、三陸出身のある研究者は東北再生をめぐる論考の中で語ります）。無数の光、無数の命、果てしない〈生きなおし〉。見えない聞こえない触れえない思いの渦の中にきっと潜んでいる〈生きなおす言葉〉を私は想いました。光あれ、光あれ、とそっと呟いてみた。ひとつの終わりのあとに、知らず知らず天からすとんと降るようにやってくるはじまりではなく、みずからの意思で生きなおすはじまりを共に生きるわれらであることを願いました。

水道管を洗いつつ、そんな一日を過ごした東北の海辺の町で、私はもう一つ、母から繰り返し聞かされてきた光の話を思い起こしてもいました。

柏崎ではね……と、かつて、五十年ほども前に、たった一年だけ暮らした柏崎のことを母が言うのです。夜になると、家の裏の海辺の墓地で青い光が揺れてねぇ、ざざざぁって真っ黒な海が荒れて揺れる音も聞こえてきてねぇ、さびしかった、つらかったぁ、見知らぬ土地で商売はじめて、生きなくちゃ生きなくちゃと昼間は死に物狂いで働いて、夜は青い光がねぇ。

これは、生き難かった植民地朝鮮を出発点に、繰り返し、生きるための旅に出たわが一族の記憶のかけら、母から娘に言葉少なに手渡された〈生きなおし〉の一光景の中に灯る光なのです。

2　空白を想う

一九六一年、私は横浜の鶴見のいわゆる朝鮮部落で生まれました。生まれて間もなく、商売に失敗して横浜にいられなくなった両親とともに柏崎にやってきた。それは戦前に朝鮮半島から渡ってきた一族が、大阪、東京、川崎、横浜と、朝鮮人たちが寄り添って暮らす町伝いに、生き抜くために繰り返し生きる場を移していった旅の途中の出来事で、私にとっては初めての旅。でも、私は何も覚えていない。

柏崎ではパチンコ屋をやっていたといいます。おそらく「柏パチンコ」という屋号だった。と、曖昧な物言いしかできないのは、当時をよく知るはずの父はもう亡く、母はまったく記憶にないと言うのです。母が柏崎について話すことといえば、とにかく夜になると家の裏のお墓にぽっと浮かんでゆらゆら揺れたという青い光のことばかり。

母はその頃ほんの二十代半ばで、子どもを三人抱えて、そのうちのひとりが一歳になるかならぬかの私でした。母が青い光の話をするたびに、つい最近まで、申し訳ないことに、私はこう思ったものです。それは、きっと、生きなくちゃ生きなくちゃ生き抜かなくちゃという死に物狂いの不安が呼び出した幻の光、おかあさんの心象風景。

一方、父は柏崎のことも一族の旅の記憶もほとんど何も語らぬまま、二〇〇〇年の夏の初めに逝ってしまった。

そして私はといえば、柏崎への旅をふりだしに、この歳になるまで旅を重ねてきた。大人になって、独り立ちした私は、いわゆる移民、難民、生きるために異郷へと旅立っていった人々の旅の記憶を追いかけてきたのです。それは、日本という異郷に生まれ育った私のうちにどうしようもなく湧き起こる衝動に突き動かされたもの。この世の異郷の旅人たちと出会いたい、語り合いたい、旅の記憶を分かち合いたい、そして旅を生きることの自分なりの意味をつかみたい……。今思えば、実に若い青い衝動です。

憑かれたように異郷の旅人たちを訪ねました。かつてスターリンによってロシア極東から中央アジアの乾いた草の荒野に追放された朝鮮人たちとその子孫、やはり戦前に沖縄の島々から台湾、南洋、ハワイへと渡っていった人々、ロシアとの戦争で破壊と虐殺が繰り広げられたチェチェンから難民となって世界にちりぢりになった人々……。

さまざまな記憶を聞きました。聞いて聞いて聞くほどに、わかってきたことがありました。

記憶とは、どんなに聞いていっても、最後にはきっと「空白」にたどりつく。そこには言葉にならぬ思いが渦巻く。それは、もっとも哀しく、もっとも痛い、同時にもっとも強く、そしておそらく、もっともかけがえのない思いの渦。

旅を重ねるうちに、もう一つ、大事なことに気がつきました。ごく私的なことです。私はずっと、一族の旅の記憶を語ろうとしない父にひどく苛立っていた。娘の問いにまともに答えない父に失望していた。でも、あるとき氷が解けるようにわかったんです。ああ、この人は語りたくとも語れなかったのだと。そのときには父はもう亡くなっていましたが。

思えば、若い頃は、記憶を分かち合うことで人はつながると実に無邪気に信じていた。けれど、記憶を訪ねる旅が痛切に私に教えてくれたのは、人は命に関わる大切なことほど語らない、語れないということ。語られた記憶の芯のところには、いつも、ぽっかりと、語りえぬ「空白」。それは、たとえば、心の奥底にぽっと灯る青い光のようなもの。見えなくとも、言葉にならなくとも、幻のようであっても、確かにそこに在る、大切な何か。

実のところ、「空白」に寄り添い、ひそやかに「空白」を受け渡していくことで、人間は連綿とつながってきたのではないか。そんなふうにも私は思いはじめている。「空白」

にこそ、人が生きるということの秘密が宿っているのではないか、何度でも生きなおしていく人間たちの秘密が潜んでいるのではないかと。

だから、柏崎、まったく記憶にない私の最初の旅の地、私の最初の「空白」、カシワザキ、ここからまた五十年ぶりに旅に出ようと思ったのです。

今度の旅は、はじまりを生きなおすわれらの、「空白」をめぐる旅。

3　ささやかな祈り

何ひとつ記憶にない柏崎、記憶にないからこそ引き寄せられる、私にとっての「空白」の町、カシワザキ。昭和三十八年の住宅明細地図によれば、柏崎駅前通りから駅仲通りへと商店街をまっすぐ進んで、桃山パチンコのある交差点を渡ってさらに直進、桃山パチンコから四軒先に「柏パチンコ」とある。両隣が履き物屋に文房具屋、裏が遍照寺。

この柏パチンコが、おそらく、昭和三十六年秋から三十八年春まで、横浜で商売に失敗して柏崎へと流れてきた両親がやっていたというパチンコ店なのです。四歳上の姉が言うことには、あの頃店では仲宗根美樹の「川は流れる」が盛んにかかっていた。昭和三十六年の流行歌。流れる水を見つめ、哀しみの底に希望を探す歌。「ともしびも　薄い谷間を一筋に　川は流れる」。子どもの頃は知らなかったその歌を、大人になった私はしみじみ口ずさみます。「人の世の　塵にまみれて　なお生きる」。空白の中のあの頃へと身を寄せていく。

柏崎にまつわる母のこんな思い出話なら何度でも聞いています。「ないのよ、思い出らしい思い出なんて、朝昼晩と店の住み込みの子たちの賄いをして、ただもう働くだけ」。ただね、これは家族内公式発言。亡父には内緒で娘たちだけに語り聞かせた秘密がある。うん、あの頃、あんまりつらくてね、こっそり店を抜け出して、あんたたちを連れて駅に行ったの、泣きそうになってじっと汽車を待って、やっと汽車が来たら涙が出てね、だってどこにも行き場はなかった、柏崎にいるほかなかったんだから。

実は、二〇〇九年の秋、四十六年ぶりに、柏パチンコ跡を訪ねたのです。横浜から、母と一緒に。中越沖地震で建物が傷んで取り壊されて、パチンコ屋のあった場所は空き地になっていた。履き物屋ももうない。空き地の裏手、お寺の境内で母が、ここにはブランコがあったよ、歩きはじめたばかりのあんたがブランコからよく転げ落ちてさ、そうそう隣の履き物屋の娘さんがあんたをとっても可愛がってくれてねぇ、うちが柏崎でもやっぱりダメで横浜に逃げ戻ったあとに、はるばる横浜まで会いにきてくれた、あのときは同居してたお姑さんに気兼ねしちゃって満足なもてなしもできなくて、ああ、本当に申し訳なかった……。四十六年ぶりの柏崎で、母の心の底に沈んでいたあの頃のあの思いがふつふつと。

ここまで来たのだからと、商店街でも古株そうな店に飛び込み、履き物屋の娘さんの行方を尋ねてみました。するとそこが履き物屋の親戚で、とんとんと途切れていた糸はつながって、あっと言う間に私たちは四十六年ぶりの再会。なのに、母は履き物屋の娘さんの名前を知らない。いやいや今はもう六十七歳のおばちゃんも母の名前は記憶にない。母とおばちゃんのつなぎ目は、あの頃は赤ん坊で何ひとつ覚えていない私。おばちゃんはおずおずと、のんちゃんのおかあさん？　あんたがのんちゃん？

のんちゃんのんちゃんと、あの頃のように、懐かしそうに、おばちゃんは私を呼び、呼んで呼ばれるたびに距離は縮まり、横浜でのことを謝る母に、いんや、あのときはとってもよくしてもらったよぉ。柏崎では死に物狂いで働いた、日本海は荒くて暗くて気持ちが沈んだ、と母が言えば、おばちゃんが、ああ、あんたは若い身空でここで苦労したんだねぇ。そんな再会。ほとんど分かち合う記憶を持たない者たちの、思わぬ出会い直しの時間でした。

その後、私はひとりで柏崎を訪れた。おばちゃんは私を恋人岬に連れて行った。ふたりで日本海を眺め、ふたりで「米山さんから雲が出た」と歌われるあの米山を見上げ、ふたりで海の幸を食べ、そのうち、ふっと、おばちゃんが言う。ねえ、のんちゃん、おかあさんに柏崎はこんなにいいところだよって、必ずまた遊びにおいでってって、伝えておくれよ、あたしはね、これからあんたのおかあさんに柏崎の幸せな思い出を作ってあげたいんだよ。

じんと沁みる言葉でした。その声はこれからカシワザキを出発の地に「空白」をめぐる旅に出ようとしている私の心に深く沁みいった。人が人に贈る最も素朴な祈りに触れたようでした。おばちゃんを介して「空白」から声が届けられたようにも感じました。

さあ、よく歩け、よく生きよ、生きなおしの旅はもうはじまっていると。

4　揺さぶられる〈東京・三河島3・11　その一〉

朝鮮人になっちまひたい気がします……。

そんな心にもない言葉が舌の先から何度もぼろぼろとこぼれ落ちたのは、亡父の足跡を辿って東京の下町・三河島の路上を歩いて、身をよじるようにして揺れるマンションを、足元から揺さぶられながら見上げたあの日。

二〇一一年三月十一日午後二時四十六分。瞬時に鉄道も止まり、道路も滞ってしまったから、とりあえず身を寄せるどこかを探して、三河島のかつては朝鮮部落と呼ばれていたあたりから上野に向けて歩きだした。目には見えない羊飼いに導かれゆく羊の群れの中の健気な一匹のように、私も実にお行儀良く歩きました。でも、胸の内にはふつふつと湧きいづる不穏な響き。歩きながら、十一年前に亡くなった父のことを想うたび、呟いたこの言葉。「朝鮮人になっちまひたい気がします」。とはいえ、生前に父がそう言っていたというわけではけっしてないのです。

　これは、民俗学者の折口信夫が関東大震災直後に書いた詩の一節。折口は震災直後に、沖縄調査行を終えたばかりのぼろぼろの異様な風体で船で横浜港へと戻ってきて、横浜から東京・谷中の自宅へと灰燼の中を歩いたのですが、そのときに恐ろしい体験をした。その風体のせいで（折口の眉間には人目を引く大きなほくろもあった）、不逞鮮人の噂に殺気立った自警団員たちが折口を呼び止める。おまえは日本人か、朝鮮人か、「十五円五十銭」と言ってみろ！（語頭を濁音で発音できるかどうか、これが手っ取り早い朝鮮人判別法、庶民の知恵）、驚いて、慌てて舌がからまって、「チュウゴエン、コジッセン」などと言ってしまったなら、すさまじい勢いで、いたぞっ、不逞鮮人！

　多くの人々がどもったり口ごもったり言い間違えたり。朝鮮人だけでなく、地方から出てきたばかりの標準語に慣れていない日本人も少なからず殺られたんだそう、（あのね、言葉はね、生死に関わる重大事なんです、人間が生き抜くには命がけの言葉を持たねばならないんです。これは大地が大きく揺らぐたびに思い出される大事な教訓）、ともかくも、日本人である折口信夫は朝鮮人になっちまひたいほどに日本人に怖い目に遭わされて、ついには不穏極まりない必死の言葉を詩に書きつけた。

おん身らは誰をころしたとおもふ。
かの尊い御名において。
おそろしい呪文だ。
万歳　ばんざあい

殺されたのは、朝鮮人？　ええ、本当に沢山殺されました。関東大震災直後の朝鮮人虐殺の話は私もよく知っています。それはかつて祖母が幼い私にいやんなるほど語り聞かせた「昔話」でもある。今では私もまるでこの目で見たようにすらすら語れます。ほら、こんなふうにね。

——危ないから白いチマチョゴリなんかで外を歩いちゃいけないと、あのお婆さんにはあれほど言ってたのにさ、あのときも朝鮮式に髪を結って白いチマチョゴリ姿だったから自警団に捕まってねぇ、生きたまま燃えている交番に投げ込まれちゃって、ああ、白いチマチョゴリはめらめらと赤く燃え上がって、お婆さんはぷすぷすと真っ黒こげになっちゃって……。

ねっ、昭和三十六年生まれの私にも大正十二年の記憶は鮮やか、言葉も実に滑らか、なんだか自分を見失いそうなほどに。

繰り返し語られ、刷り込まれ、知らず知らず分かち合う記憶があり、記憶と結び合う言葉があるのです。日本人にも、朝鮮人にも。その一方で、語りようも分かち合いようもなく、ずきずきと胸の底で息を潜めたままの沈黙があり空白がある。おそらく誰の心にも。

おん身らは誰をころしたとおもふ?

思うに、殺されたのは、言葉。分かち合う記憶以前の、ひとりひとりの人間の胸の内に蠢く思い、その底に潜む言葉。いまだ朝鮮人でも日本人でも何者でもないひとりひとりの言葉。収まらない何かを抱えて生きるひとりひとりの、生死をかけた命がけの言葉。たとえばそれは、「万歳」の一言、「ひとつになろう日本」の一声で、均され封じられ消されてゆく。

そんなことを三河島で足元から根こそぎ揺さぶられたあの日あの時から考えはじめて、そして、言葉を持てぬまま生きて死んだ父のことがしきりに想われたのでした。

5　断ち切られる〈東京・三河島3・11　その二〉

朝鮮人になつちまひたい気がします……。

きっと父は、その七十年の生涯の間に心ひそかに何度もそう呟いたはず。父はみずからの運命を易の卦でいうところの「火山旅」と呼び、彷徨うばかりの人生を送った人でした。戦前に朝鮮から日本へと渡ってきた一族の来歴や、いわゆる「在日」として生きるということを娘に問われても、ただ口ごもるばかり。

そんな父が、亡くなる前に、きれぎれに、大略こんなことを書き残していた。

——僕は一九三〇年に朝鮮半島南部の晋州で生まれた。一九三一年、釜山から大阪へ。先に日本に渡っていた父親を追って、母に抱かれて、海を渡った。やがて東京へ。僕が小学校に入る頃に、父親が朝鮮人が集まり住む東京・三河島にカフェを出した。小学校では朝鮮の名前しか持たない僕に先生が「健一」という日本名をつけてくれた。幼い頃は家計を助けるために、七歳上の兄に連れられて昼間は住宅街に納豆売りに、夜は繁華街に辻占を売りに。楽しかったのは、駄菓子屋でもんじゃ焼きを買い食いしたこと、ベーゴマで遊んだこと。九歳の頃に父親が川崎駅前で料亭をはじめた。父親は成功した朝鮮人。川崎あたりの工場で働く朝鮮人たちの面倒もよく見た。朝鮮人が警察に厄介になれば引き取りにも行った。身元保証もした。日本が朝鮮人の管理のために作った協和会の川崎地区の幹部にもなった。こんな話は朝鮮が日本の植民地支配から解放された後には、複雑微妙な話題でしかないが、解放など思いつきもしなかったあの頃、両親はその立場上、和服も身につけた。わが家は実に日本的だった。父親はかつて朝鮮独立運動に参加して捕まって拷問を受けて、そのときの頭の傷跡は生涯疼いていたというのに……。僕は県立中学に進んだ。朝鮮人子弟では大変珍しいことだった。そして戦後には中央大学法学部へ。弁護士になるつもりだった。

さてさて、娘の私が言うのもなんですが、おへそがわき腹にある私とは違って、わが父はまことに素直な人でした。九歳で近所の占い婆さんに離婚の相があると言われて信じて、ついに五十歳で離婚して、なるほど当たったとすっかり感心した。保証人の判をついてと頼まれれば、何度でも懲りずに信じて判をついた。そんな調子で、戦前には日本の国策どおり朝鮮半島出身の皇国臣民としてすくすく育った。青年時代には、朝鮮人である苦悩を告白してきた友人に、「えっ、僕も朝鮮人ですよ」と答えて、「まさか、君が！」と驚かれたほどに、日本人らしさに包まれていた。

だから、戦後日本の国策で選択の余地もなく、朝鮮半島出身者は日本国民にあらずとされたときには、心底呆然。外国人に戻されれば、弁護士の夢は断たれ、外国人たる朝鮮人には就職の道もなく、今さら勉強しても朝鮮語は身につかず、〝同胞〟の学友たちが熱く語る「民族」にはついていけず、北朝鮮に帰国する友人らを新潟から見送る自分自身はどこにも行き場はなく、右も左も朝鮮人も日本人も何がなんだかわからぬ宙ぶらりん。

そんな時、父はきっと痛切な思いでこう呟いていたはず。

朝鮮人になっちまひたい気がします。

なれたらよかったかもね、なれるはずもないものね。与えられた〈国民の記憶〉にあまりに素直に身を浸して、記憶から言葉をすらすらと取りだしては使うことにあまりに馴染んだ人間が、その記憶はあなたとはまったく無縁のものと不意に宣告され、記憶との関係をすっぱり断たれたら、もう頭の中は真っ白、言葉も消えてなくなりますから。どんなに素直でも、いきなり別の記憶や言葉とはつながれませんから。

つまりはそういうことで、国家や民族のような〈分かち合う記憶〉から断ち切られ、

〈通じ合う言葉〉を失くす者たちがいる。そうしていきなり宙ぶらりんになった人間は、どう生きる？

そんなことを思いつつ、日本名を持った頃の幼い父が歩いたであろう三河島を、三月十一日、私は揺れ歩きました。そして、言葉は記憶の遥か手前で、あるいは遥か彼方で紡いでいくと、あらためてへそを確かに曲げ直し、父がその思い出のかけらすらも話してくれなかった新潟・柏崎のほうへと歩きだしたのです。

6　ハルモニ礼賛

〈ハルモニ〉とは朝鮮の言葉で〈おばあさん〉でありますが、時に私は人類は男と女と〈ハルモニ〉に分類されるのではないかと思うのです。

二〇〇三年の夏のこと、韓国の元従軍慰安婦のハルモニたちが韓国政府を相手取り、国籍をお返ししたいと訴訟を起こした。これだけ日本国や戦争や男たちに弄ばれて、未だに身も心もずたずたの自分たちを、なぜ母国の韓国までもがないがしろにするのか、冗談じゃないよ、私らはこんな国の国民でいたくないと。そのニュースを聞いたのは、南ロシアのドン川のほとりのロストフに「高麗人（コリョサラム）」と呼ばれる人々を訪ねる旅の途上、韓国の仁川空港でのこと。私はつくづくと思いました、さすが〈ハルモニ〉！　こんなことは飼いならされた頭の持ち主たちには考えつくまいよ。同時にこうも考えた。死に物狂いで本気で生き抜こうとする者に本当に必要なものって、いったい何？

あのとき私がロシアに訪ねた高麗人とは、そもそもは十九世紀半ばから二十世紀の初めにかけて、最初は飢饉、のちには植民地支配による経済的困窮によって生き難くなった朝鮮半島の主に北部からロシア極東へと流れていった人々の子孫。あるいは、こういうふうにも言えるかもしれない。高麗人とは、まだ人々が国家や民族のような大きな概念よりも、地縁血縁のような肌身でわかるつながりで動いていた時代に、移民・難民とかいう近代的な言葉よりも、流れゆく者としての流民という呼び名がふさわしい形で、村境を越えるようにして国境を越え、より幸せな地を探して旅に出た者であると。

でもねぇ、彼ら高麗人の百年以上にもなる幸せ探しの旅はまことに多難。ロシア革命に巻き込まれ、粛清され、スターリンによってごっそり二十万人近くがロシア極東から遥か中央アジアの荒野に追放され、追放の記憶を押し殺すことを強いられ、やがてソ連崩壊後の混乱の中で政治も経済も不安定な中央アジアから旧ソ連の各地に散りゆき……。代が替わるごとに生きる場所も変わる、今も旅の途上、旅の苦難は尽きることがない。

南ロシアのロストフを共に歩いた高麗人のビクトルが言うことには、俺らは国というものに守られた経験がない、多民族社会の中で民族を声高に主張することの愚かさも身に沁みている、だから、生き抜くには、身近な地縁血縁知己がとても大切、誰とどうつながるかは一大事、たとえばな、わが身と暮らしを守るには、頼るべきは警察（法）か、マフィア（掟）か？　ロシアじゃどちらも似たようなもの、より信じられるほうと手を結ぶ。するとビクトルの幼馴染のコリアンマフィアのボスの強面セルゲイまでがこんなことを言う。そうさ、われわれは約束を守る者とつきあう、自力で生きようという気概のある者を助ける、そういう者しか信じない、手を貸す意味もない。

自助自立、信義約束、闇の世界の思わぬまっとうな言葉に私は思わず感心しました。なるほど、大切なのは生身の個々の関係、具体的な信頼、これって実のところ、人が生きるうえでの基本のキよね、国とか民族とか主義とか思想とか大きな言葉にのまれて、観念や抽象のなかに人生を溶かし込んで無闇に安心してしまうと、こういう基本を私たちは簡単に忘れる。

でも〈ハルモニ〉は忘れない。良くも悪くも頑ななほどに忘れない。〈ハルモニ〉は「よく食べ、よく生きる」ことにもっとも忠実な（あるいは命を生かすことに誰より強欲な）存在だから、生身の言葉で話す者だから、それは生身の痛みも痛みゆえの沈黙も沁みとおった必死の言葉だから、道に迷ったら、まずは〈ハルモニ〉に聞く、それが私が旅から得た教訓。

振り返れば、私が生まれて間もなく、わが家が横浜から柏崎に流れていった一九六一年頃は、朝鮮戦争の余韻も冷めやらぬ東西南北対立の時代、人も言葉も命も主義と思想と政治にまみれて、新潟あたりは北朝鮮への帰国の情熱に揺れて……、そんな時代のことだからこそ、そのなかを旅した者たちのことを、今さら、観念に絡めとられた死んだ言葉では聞きたくない、語りたくはない。

というわけで、新潟の昔の朝鮮部落あたり、あのハルモニの家にそろそろ行きましょうか。

7　ハルモニ打鈴　その一

ペプルロ、ペプルロ、これは朝鮮の言葉でおなかいっぱいということ。ハルモニの家に行けば、ごはんは食べたか？　うん、私はペプルロ、おなかいっぱい、となる。人間、食べなきゃ生きられない、うちに来たならしっかり食べろ、食べたなら……、ほら、ハルモニの旅の話がはじまる。

うん？　ほお、あんたはわざわざ横浜から来たの？　赤ん坊の頃、柏崎にいた？　なぜ縁もゆかりもない遠い柏崎に両親が横浜から流れきたのかがわからない？　うんうん、人の縁というのは、本当にわからんもんね。

あたしはね、韓国の慶尚南道、金海の出身、まだ戦前に父が金海から京都に引っ張られてきてね、それを母があたしと兄を連れて釜山から船に乗って汽車に乗って京都まで追いかけてね。でもねぇ、母は日本語も何もわからずに、行き先書かれた紙切れ一枚だけを握りしめて、子ども抱えて、よくもまあ朝鮮の田舎から京都まで。そのときあたしは二歳だもん、なーんも覚えてない。そのうち父は戦争で九州に引っ張られて、家族全員ついていって、戦争が終わったら兵庫の明石に住むようになって、ええ、ええ、新潟には結婚で来たんです、もう六十年になるね、六十年はダイヤモンド婚というらしいね。死んだ主人がね、あたしがそう言ったら、ガラス玉で指輪を作ってやろうかって笑ってねぇ、六十年、ようもった、本当にようもった……。うん、そうね、いま新潟にいる朝鮮の人で、新潟で生まれたという人は少ないはずよ。朝鮮の人は生きるためにあっちこっち行ったり来たりしてきたからね。

あのね、あたしらの結婚はね、お酒が取り持つ縁なの。あたしの父が大酒飲みで、母はとっても苦労した。なんでも父は、三度目の正直でようやく元気に生まれ育った男の子で、あんまり親に大事にされすぎて、物心ついた頃にはもうお酒を飲んでいた、もしかしたら生まれた時に親子三人祝杯挙げてそのまま、生きてる今日も生きてるって杯を重ねて飲みつづけだったのかもねぇ、母が言うには、結婚した夜も飲みに出て帰ってこないって、帰ってきたら芸者を連れてたって、そしてまたお酒を飲んだって。酒を飲めば喧嘩ばっかり、だから母がね、おまえには酒を飲まない男を探してやる、おまえは女だから、十人兄弟の長女だから、学校に行かさないで、家の手伝いばかりさせてきたから、誰より苦労させたから、せめて結婚くらいは苦労のないようにって、母の心からの願い。そしたらちょうど間のいいことに、近所の人が母にこう言うのよ、うちの親戚に酒を飲まない男の子がいるんだけど娘をやらないか、在は新潟、親は戦後に国に帰った、次男坊で独り暮らし、羽振りよし、どうよ、もってこいじゃないの、と話が出てから一週間後には、顔も知らないま ま結婚式。主人のほうは私が台所でかまどの火を吹いているのを見ているのだけどね。そのときあたしは十八歳でね、なんだかせつなくてね、でも、いかないと言うと父が酒飲んで暴れてねぇ。

結婚は昭和二十三年、戦後のどさくさ落ち着かない頃、あの頃うちの主人は新潟と神戸の長田を二十四時間汽車に揺られて行ったり来たり、長田は阪神大震災でだめになるまでゴム靴作りが盛んだったからね、長田の朝鮮人の友人たちと組んで雪国の新潟に長靴運んで売りさばいて、新潟からは米を持っていって神戸でさばいて、なあんにもないときだったから、身軽で目端が利く人間が儲けたわけよ、だからね、主人は酒は飲まなかったけど、金はあったからよく遊んだの、独り暮らしでしょ、それはもう派手に遊んでいたの、お酒落したり、ダンスホール行ったり、あたしが嫁に来た頃には、長靴商売も大きなお店が乗り出してきたから終わりになって、主人の財布はもうからっぽ、それからは大変苦労をいたしました、仕方ないね、嫁入ったらもう戻れないから、親がそう言うから、そう思い込むくらいに純情だったし。

酒への恨みと長靴がなけりゃ、兵庫の明石から新潟まで嫁入りすることもなかった。縁なんて、こんなもんじゃないかねぇ、あんたんとこの両親が横浜から柏崎に流れてきたというのも、そんなくらいのなにかの縁じゃなかったのかねぇ。

8　ハルモニ打鈴　その二

（半世紀以上も前、ハルモニの嫁入りはチマチョゴリ、人生の分かれ目、生涯最良、大事な日には、チマチョゴリ、ひらひらと、ゆらゆらと……）

そう、あたしが結婚したのは一月、一番寒い時。結婚の時に着るチマチョゴリの色は、もう昔からの決まりごとで、上が緑のチョゴリで、下がピンクのチマ。チマ・チョゴリの生地は結納で男のがわが持ってくる、それを隣近所の人たちが手縫いで仕立ててくれたの。緑のチョゴリの衿のところと袖口には赤い縁を縫いつける、冬だったから、なかに綿も入れてくれたのね、おかげで少し温かかった、ええ、あのときのチマ・チョゴリはいまも取ってあります、だって昔の人は、もし若死にしたら、それを着てあの世に行きなさいというのがあったから、だから、寅さんじゃないけど、あのとき持ってた今じゃもう本当に骨菫品のトランクの中にいまも仕舞ってある、でも古くて格好も何もないねぇ、袖幅は狭いしさ、それをまた娘たちがたまに出してみて、こんなの着たのって笑ったりもするけど、でも、あれはみんなの手縫いなんだから、いまはミシンでダーッと縫うけど、みんなが一針一針、綿も入れて、一針一針、手縫いでね……。

ええ、結婚式は神戸であげましたよ、それからすぐに新潟へ、とはいってもね、あの時分は二十四時間の鈍行でね、大阪から北陸へ行って、新津で一度降りて、そこから新潟行きの汽車に乗り換える。あのとき、新津の駅の待合室でチマ・チョゴリに着替えたんです。朝鮮の風習でね、新潟の嫁ぎ先の家に入るということで、新潟でチマ・チョゴリ姿で挨拶回りをしなければいけないから、新潟行きの汽車もなかなか来ないから、それに嫁入り先に着くまでは、花嫁は途中でホテルとかよその家に入ったりしちゃいけないの、だから、新津のあんな小さな駅の待合室で、着替えは親戚のおばさんに手伝ってもらってね。お嫁入りに母親はついてきちゃいけなかったから、ついてきたのは父親と兄。とにかく新津で着替えはしたけど、もうそれだけ、昔のことだから、お化粧道具もなくて、お化粧もヘチマもなかったねぇ。

そんなこんなで縁あって行くことになった新潟だけど、本当にもう、二十四時間、汽車で行けども行けども着かなくて、新潟ってどこなんだろうと不安になって、もう頼る者は主人しかないのに、ひょいと顔を見たら傷があって、あらあたしはヤクザと結婚したのかしらって、もっと不安になるしねぇ。新潟に着けば着いたで、山ほど雪は降ってるし、足袋はない。チマ・チョゴリにただショール一枚だけで、コートも何もない。車があるわけでもないから、歩いて挨拶に回ったんです、でも寒さもわからなかったなぁ、若かったのかねぇ、若かったんだわ……。

うん、新潟に来れば、今までみたいな苦労もなくなるかなと、ほんの少し信じていたね、そんなはずもなかろうに、やっぱり若かったんだねぇ。

嫁入り前の明石の家は、戦後にようよう住み着いた掘っ立て小屋みたいなところでね、そこに親子十二人、生活のために豚を飼ったり、空き地に畑を作ったり、痰切り飴やら焼酎やらを作ったり。あたしは長女だから、それはもうなんでもやるの、痰切り飴を作って箱に入れて売り歩くのもあたし。やらないことはなにもなかった。生きていくにはそれしかない。

明石の海辺ではアオサが採れたから、あたしもずぶずぶ水の中に入って、摘んで乾かして売ってお金にしたりね。妹や弟が次々生まれるから、母は家を離れられない、近所のおばさんたちが海に行くというと、なにかしらん、あたしは欲張りなんだろか、うちだけアオサがないのはいやだわって、まだ子どもだったのに、慌てて走ってついていくんです、ついていって一生懸命アオサを採る。ええ、明石のあのあたりは朝鮮の人間ばかり、朝鮮の村のようでした。

（ハルモニの話を聞くうちに、私の胸の内にゆらゆらと立ちのぼるもうひとつのチマチョゴリの風景。日本中のあちこちの朝鮮の村から、新しい夢の暮らしへと、北朝鮮へと、新潟港で帰国船に乗る女たち、色とりどり目も眩むほどに美しいチマチョゴリ、ひらりひらり、埠頭をゆく）

9　ハルモニ打鈴　その三

ハルモニ！　私の母はハルモニより五歳下、新潟港からチマチョゴリがひらりひらり北に旅立っていたあの頃に柏崎に暮らしていたというのに、帰国船のことは露知らず、三十八度線を越えるなんて思いつきもせず、横浜に逃げ戻ることばかり夢見ていたんだそう。

ええ、ええ、あたしもどれだけ明石に逃げ帰りたいと思ったことでしょうねぇ。結婚して少しして朝鮮戦争が起きて、朝鮮はもうはっきりと三十八度線で分かれてね……、あの頃は仕事もあんまりなくて、日和山の下の海の砂地のとこに小屋借りて、せんべいを焼いてました。レンガを組み立ててかまどを置いて、せんべいを焼いて、箸で一枚一枚ひっくり返して醤油を塗って、並べて、お菓子屋さんに運んで。その頃は最初の子どもがお腹のなか、ああ、もう、本当に数え切れないようなことをやりました。日本酒がいいといえば、何人かでうちに集まって、こっそり日本酒を作る。お酒作ると危ないんです。警察に捕まったら、道具も人間も全部警察に連れて行かれて一晩お世話になる、でもね、警察はふだんはお酒をただ飲みにくるんです、なのに捕まえに来るときには真っ先に捕まえに来る。

主人が鉄屑を拾って売って生活の足しにしていたこともありました、子どもが三人に増えた頃にはラーメン屋もやりました。ラーメンなんて作ったこともないのに、やると決めた次の日から見よう見まねで、それが一九五四年のこと、ちょうどその頃に中国からの引揚があってね、それを見て、あらいいね、あたしらも朝鮮から船が迎えに来てくれることがあるだろうかね、なんて友達と話したり。本当に北朝鮮への帰国船がはじまったのが、それから間もなく、一九五九年の十二月。その年に五番目の子が生まれたから、よおく覚えてる。

ラーメン屋はね、ラーメンからはじまって、焼き鳥、酢豚、とんかつ、八宝菜、キムチはもちろん、ビビンバ、冷麺、焼肉定食、焼肉丼、天丼、カツ丼、親子丼、できないものはありません。思いついたものは全部作る。主人もラーメンの麺を製麺機で毎日ぽんぽん作って、帰国船が行くようになってからは、俺が作ったラーメンを全部つないだら、北朝鮮の清津に届くぞ、なんて言ってたねぇ。そのうち主人は他の仕事を始めて、ラーメンのことなんか見向きもしなくなったけど、あたしは、食べること、食べさせることに、それこそずっと命がけ。

帰国船ねぇ……、あの頃、あたしの父は乗ろうとしていて、乗るばかりだったのに、脳溢血でぽっくり逝ってしまって。母は北朝鮮には絶対行かないと言ってね、北というのは掘っても掘っても砂利の土地、お米のとれないところだから行かないってね。弟が十六歳でひとりで帰国しました、日本ではできない音楽の勉強を祖国でやると言って。ええ、あたしらもいつかは帰るかもとは思ってたけど、なんだかずるずる居座っちゃったね。

ええ、ええ、もともとあたしらは南から来ました、でも北朝鮮も行けば祖国だと思ってね。北のことはよくわからないけど、行けばラーメン屋もしなくてすむかな、楽できるかなと……。でも、ここで子どもは結婚するし、子どもを置いては行かれないし、だんだん複雑になってきて……、あの頃は十年後には南北統一、北から南の故郷に帰れるなんて言ってたけど、あれからもう半世紀。うちのあたりは朝鮮人がたくさん住んでいて、たくさん帰国したけどねぇ、ほとんどが南の人だったけどねぇ。

北朝鮮に夢を持ってひとり行って頑張って家庭も持った弟には、こう言うんです、ねえさんも歳を取ったよ、でもね、みんなで頑張れば、生きていけるんだから、力合わせて生きていきなさいって。弟も苦しいことは苦しい、年金だけじゃお米も買えない、物々交換したり、いろいろやりくりしてるらしい、でもね、あたしらは戦前も戦後もこうやって生きてきた、頑張って知恵を絞って。人間、生きるには、自分の知恵で生きなくちゃあね。あたし、弟にはいつもそう言ってます。

（うん、生きなくちゃね、自分の知恵で、自分の言葉で、そう呟く私は、あの頃、言葉をなくして、宙ぶらりんのまま、新潟港で帰国船を見送った父を想っているのです）

10　鯖と鯰と楽園と

今日は鯖の話。

三月十一日、地震直後の通信途絶のなか、運よくつながった電話の一本は、石垣島の知人からのものでした。

やあやあ、こっちは田植え中さ、と南島からの何も知らぬのどかな声。一時避難に飛び込んだ喫茶店のテレビで石垣島にも津波警報が出たことを知る私は、津波が来ますよ、石垣にも、と思わず差し迫った声になる。えっ、津波？　電話の声が張りつめる。東京と石垣島、携帯でたまさか結ばれた見えない線が、時をさかのぼって二百四十年前のあの日に延びてゆく。

一七七一年三月十日午前八時頃、石垣島を中心とする八重山群島を大地震が襲ったのです。揺れが収まるとすぐに東の方から雷のような轟き。海がすーっと引いて、やがて大波が黒雲のように躍り上がって、石垣島の東岸の村々に押し寄せた。津波の高さは一番高いところで八十メートル、低いところでも十メートル弱。石垣島の人口およそ二万人のうち一万人が流された。生き残った者たちは山の上へと逃げた、恐れおののいた、正気を失った……。

石垣島にありあり語り伝えられる「明和の大津波」。その跡は島に今も残る。島の東側の海辺には大津波が山から運んだ巨岩がごろごろと。

しかし不思議なこともあるもので、古文書に曰く、大津波直後に魚に救われた男がいた。沖に流され、どうしようもなく沈みゆく男の股の下に、なんと三メートル余りの鯖が！鯖は男を押し上げた。男は鯖に抱きつき、鯖は男を浅瀬まで運んだ。これは鯖に救われた命だと、男は自身も一匹の鯖のようになって、津波で傷ついた人々のために働いた。

いやね、こんな奇妙な話を語るのも、私自身も鯖に救われたような気がしてならないんです。目には見えぬ大鯰が東北にもたらした大災厄があり、私の暮らす横浜も足下の大鯰の不穏な動きに日々震え、それでも今ここに私が無事に生きているのは、つまりは鯖のおかげ。そう、目に見えぬ大鯰に揺さぶられる私たちは、目には見えぬ鯖に救われもする。鯰も鯖も同じ理不尽の表と裏、だから、救われた私は傷ついた東北を想わずにいられない。

でも、幸か不幸か、人間はその狭い視野の外の、目には見えぬモノやコトやヒトのことなど、すぐ忘れます。鯖？　なんだそれは？　ってね。

明和の大津波の頃の八重山群島は、琉球王国のいわば国内植民地でした。王国に納める税として米が厳しく取りたてられていた。大津波で人が流され、村が滅びれば、上納米が減る。だからたとえば王国は、小浜島から石垣島宮良村へ、波照間島から石垣島白保村へ、黒島から石垣島伊原間村へと、必要な人間の数を計算して、物のように島から島へと移して、米を作らせた。その琉球王国から上納品を搾りあげていたのが薩摩で、薩摩の上には江戸があり……。

日本の歴史が顧みることのない南島の民の、生き難さを生き抜いてきた来し方を知るほどに、この世を支えてきたのは、人知れずこの世の果てに生きる者なのだとつくづく思います。（南も北もその意味ではきっと同じ。東北もまた、この世を支える「道の奥」でありつづけたのだから）。

想い起こせば、戦時中にサイパンのバンザイクリフからはらはらと海に身を投げた人々、彼らは戦後に一括りに日本人とされたけれど、その多くは熱帯向きの労働力として送り込まれた沖縄や八重山の民。彼らは生きるために生まれ島を出た。二等国民と呼ばれながら南洋のサトウキビ畑で汗を流し、その末に見棄てられた。唐の世（琉球王国時代）から大和世、大和世からアメリカ世、アメリカ世から大和世、繰り返し棄てられ忘れられ、繰り返し生き抜いた。

棄てられ忘れられながら旅する者ほど、旅路の先に生き抜く支えの桃源郷の夢を見るものです。沖縄にはニライカナイ、八重山の波照間島の地平線の彼方にはパイパティロマ、たどり着けない夢の島。朝鮮半島を出た民も、戦後、いつしか、三十八度線の彼方に楽園を見るようになり……。

そう言えば、「三十八度線」をめぐる妙な話が柏崎にはあるんです、(その話はおいおい)、うん、また行かなくちゃ柏崎、越すに越されぬ三十八度線を想いつつ、今度はわが父を旅の友に。もちろん鯖も忘れずに。

11　父と打つ　その一

　生きている父と最後に話したのは、二〇〇〇年に早逝した妹の葬儀の日のことでした。話したというより、なじった。誰にも自分の死を知らせないでという妹の遺志を守っての密葬のはずだったのに、父が自身の兄弟姉妹旧友に知らせたものだから、私はぷっつりキレた。その三か月後に父は急逝、一生忘れるなとばかりに私の誕生日が父の葬儀の日になったのでした。

　それからのことです。生身の父とは五分と穏やかに話せなかったのに、死せる父とだんだんとしみじみと語らえるようになったのは。お父さん、あのとき、あなたには悲しみを分かち合う人々が必要だったんだよね、誰かとつながる言葉も自分を語る言葉も持てずに宙ぶらりんに生きてきて、それでも辛うじてつながっていた人々があのときは必要だったのよね……と、私もそれなりに歳をとって、ようやく言えるようになってきた。

あれから十数年、戦前戦後と政治や思想や民族や国家に身も心も言葉も激しく揺さぶられてきた父の世代の人々—「父」たち—とようやく向き合うようにもなりました。生身の父の胸のうちに蠢いていた言葉にはとうとう触れえなかったことを悔やみつつ、かつては父もろとも十把ひとからげに拒んできた「父」たちを訪ねては、寡黙な「父」たちの言葉がその肌に滲み出てくるのを待つ、じっと耳を澄ます、……、あ、思わず話が先走ってしまいました。「父」たちのことはまたいずれ、ゆっくりと。

実はね、パチンコを打ったんです、死せる父と、柏崎で、つい先日。駅前通り、昔ながらの街場の小さなパチンコ屋、桃山パチンコを訪ねてね。

今も元気な母に言わせれば、昔、うちが柏崎でパチンコ屋をやってた頃、二、三軒隣が桃山パチンコで、すごいお客さんが入っていた、で、あそこがあれだけ流行ってるなら、うちもイケるんじゃないかと思ったのがそもそもの大間違いで、いつまで経ってもお客が入るのは桃山さんだけ、うちはまったくダメだった。お父さんはお客さんに玉を出せと言われれば出しちゃうし、商才ないし、桃山さんに完敗……。

お父さん、それ、ほんと？（父、無言）、ねえ、どこがどう違うのか、かつてのライバル桃山パチンコを覗きにいかない？（まだ無言）、できれば私も打ってみたいなぁ。（ずっと無言)。

というわけで横浜から桃山パチンコにはるばる遠征、快く迎え入れてくれた二代目社長に、実はかくかくしかじかと事情を話せば、社長はにこやかに、なるほどねぇ、おたくが店を開いた昭和三十年代には、このあたりはパチンコ屋が立ち並んでいたんですよ、桃山パチンコ、王様パチンコ、あずまパチンコ、大当たりさん、少し年代が下がるとセントラルさん、千番さん、柏崎には本町通、諏訪町、駅前通りと、合わせて二十軒以上はパチンコ屋があったんじゃないかなぁ。ええ、当時は店の広さも三十坪くらい、大きくても五十坪ほど、パチンコの台数も一店舗あたり百台もなかったんじゃないかな。まだあの当時は祭りに出るパチンコの台みたいなもんで、それを壁にぽんぽんと嵌めるだけだから、設備投資もほとんど要らない。それこそパチンコ台を揃える金さえあればね。現金商売だし、とにかく手っ取り早くできる。今と違って実にやりやすい商売だったと思いますよ。今は新規開店に何億とかかるからね。

ほうほう、おたくは横浜で失敗して柏崎へねぇ。まあ、うちも事情は似たようなもんです。うちのおやじも商売に失敗して、小千谷から長岡に出て、パチンコ屋に住み込みで入ったらしい、そしたらたまたま知り合いがおやじに、おまえ、柏崎に店を出してみねえか、てなことで、おやじは土地勘もない柏崎に来た。それが昭和三十二年。柏崎、いいらしいぞ、ということでたまたま始めて、以来ずっと。

まあ、そんなもんですかね……と二代目社長。ああ、そうだね、そんなもんだ……と死せる父、おもむろに語りだす。うちの店には住み込みが二人、賄いはうちのやつで、僕が釘を見ていた、常連さんには玉も出してやってな、それじゃ儲からないって？　生意気言うな、君は商売がわかってない、よし、君もパチンコ打ってみろ、遊べばわかることもあるだろう。

12　父と打つ　その二

大変、大変、さっきから大変なことになっているんです。目の前のパチンコ台では、数字が三つ揃ったら、きゅんきゅんとあれもこれも目まぐるしく出たり入ったり開いたり、使徒殲滅！　エマージェンシー！　緊急事態発生！（まことに不穏）、暴走モード突入！　CHANCEを押せ、（盛り上がってきたよー）、エヴァンゲリオンのテーマソング「残酷な天使のテーゼ」が高らかに響き渡り、（あれっ、私、歌ってる）、果てしなく玉があふれでてくる、アドレナリン噴出、制御不能……、ねえ、これどうしたらいいのよ、お父さん！

わが人生初のフィーバーでした。桃山パチンコ二代目社長曰く、数字が揃うと玉が出るこの機種こそが、パチンコ史上最大の変革をもたらした。一九八〇年に長岡駅前の白鳥会館がこの種類の台を一気に百二十三台も入れたのが大転機、それまでは五百個や千個で打ち止めだったのが、フィーバー以降は基本三千個で打ち止め、でも同じ台で前に打ち負けた人の玉まで出るから、つまり、へたすると六千や九千くらいは出るもんだから、はまってしまうらしい、（私ももうはまりそう）

桃山パチンコでは、初めて打つと言う私に店員さんが台を選んでくれました。台の具合を見ながらハンドルに紙をさしこんで固定してくれたから、私は何もすることがない、なのに玉と一緒に心が弾む。隣のおばちゃんは台に食いついている。困った、むやみに楽しい。

商人なんですよ、と二代目社長。僕はこの商売はやりたくなかったんだけど、（父、うなずく）、仕方なくおやじの跡を継いでね、そのおやじが商人だったんですよ、つまりね、お客さんのことをついつい思っちゃう。おやじは薄利多売が一番いいんだと、（またうなずく）、経営者は店に出ないところも多いけど、おやじは店にまめに顔を出して、従業員の顔もお客さんの顔も見た。そうするとお客さんにあんまり損をさせられなくなる。ほんとはそれじゃダメなんだけれども、商売としてはそれじゃ失格かもわからんけども、馴染みのお客さんに、出ないよ、今日は負けたよ、と言われたらねぇ。実際毎日見ていれば、ああ、負けているなとか、いろんな思いがあるわけです、（父、深くうなずく）、だから理想としては、お客さんのお金はいただくけど、それは遊び賃、たとえば一日の遊び賃に千円でも二千円でもいただければ、いいかなと。なかなか今のパチンコはそういうわけにはいきませんが、それが理想です。勝ったり負けたりしながら、一か月の小遣いのなかで、ああ遊べたなと、お客さんに思っていただければね。（父、激しくうなずく）

でもね、面白いもんで、大負けしないと大勝ちもしないんです、人間ての は贅沢なもんで、勝ちもしなけりゃ負けもしないんじゃ、面白くない、山も谷も必要なんです、人間には。（父と娘、深いため息）。でも、そこまではうちらにはねぇ、打つほうの運もあれば、出すほうの運もある、そうじゃないですか。（そうね、そんな運あんな運を織りなして、すれ違ったり出会ったり行き違ったり別れたり、そうやってわたしたちは生きて死んでいくんだろうなぁ、ねえ、お父さん）

ああ、おたくのお父さんね、なぜ失敗したのかって、それはやっぱり経営者であれば最低限このくらいは取るというのがあるんだけど、お父さんの場合、今月はこれくらい儲けが欲しいという頭があっても、あんまりお客さんに出ないと言われると、ま、いいか、今月はこのくらいにしとくかって、そういう甘さが出たんじゃないかな、経営に対してね。優しいんだな、きっと、人に対してね。儲けるべきなのに、しょうがねえ、まあいいやと。（父、ふっと小さく笑って、うつむく）

何十年来の常連が通ってくる桃山パチンコ、馴染みのじいちゃんばあちゃんの姿がしばらく見えないと心配になる二代目社長は、不本意ながら家業を継いでもう半世紀近くにもなるという。私はいま一度、不本意ながら宙ぶらりんだった父の人生を想う。父のけじめのない優しさを想う。その優しさは何か誰かと無性につながりたかった父の寂しさの裏返しなのだろうと、へそまがりの娘は陳腐なことを思いもするのです。（父、沈黙）

13 「三十八度線」異聞

昼下がりの柏崎駅前商店街、米山さんから雲が出たのか、いまかいまかと雨の気配。ほんのり満州の色合いの中華料理店「ハルビン」で餃子を食べて、むんと昭和の匂いの喫茶店「自由人」で珈琲を飲む私は、「三十八度線」のことをしきりに考えているのです。

実は、さっきもね、ざわめく心で鯨波海岸まで、駅前から乗ったタクシーの運転手さんは私と同い年くらいの女性で、ねえ、運転手さん、「三十八度線」ってわかりますかぁと尋ねてみれば、うーん、ちょっとわからないですねぇ……、そんなやりとりをするうちに、夏を前に砂浜の整備工事真っ最中の味も素っ気もない鯨波海岸前に降り立った。

鯨波には、私の記憶にはない柏崎の夏の想い出があるんです。四歳上の姉が言うことには、あの頃、夏祭りのときにお父さんが露店でニセモノパールのピンクの首飾りを買ってくれたんだよね、それから鯨波に連れてってくれてさ、船を借りて沖に乗り出して、鯨が群れなして泳いでるような大波小波、ざんぶざんぶとみんな白い波のしぶきを浴びてさ、あんたなんか泣き出しちゃってね。

大波小波鯨波、私のなかの空っぽの想い出を探ってみれば、その昔韓国のサイモン&ガーファンクルと呼ばれた歌い手の、幻の鯨を唄ったあの声が脈絡もなく空っぽの私の胸に静かに響く。

——だけど思い出す夢ひとつ、小さな美しい鯨一頭、さあ旅立とう、東海へ、神話のように息づく鯨を捕まえに、さあ旅立とう。

あの頃、新潟の港からは三十八度線の向こうへと盛大に旅立つ船。でも、その船には乗らなかった（いや、夢の祖国に身が竦んで乗れなかった）わが父は、それでも幻の鯨を捕まえに一家をあげて鯨波の浜から船出した、とこれは私の妄想なのだけど、あの幻の鯨を、なにかの夢を、生涯追いつづけていたのはきっと本当。おそらくは捕まえようのないなにかを……。

それにしても気になるのは「三十八度線」。なんでも、かつて柏崎には「三十八度線」という遊びがあったらしい。なにしろ私があちこちでやたらと柏崎、カシワザキと唱えるものだから、それを聞きつけた柏崎ゆかりの人々が立ち止まっては思い出を語ってくれた、そのひとつが「三十八度線」だったのです。私と同じ一九六〇代生まれのかつての少年少女が目を輝かせて、あのね、小さい頃、野っ原を走り回って「三十八度線」遊びをしたんだよ、そう、普通は「泥警」と呼ばれる陣取り遊びなんだけど、なぜか僕らは「三十八度線」と呼んでた、僕の兄貴もこの遊びは知ってるけど、僕より下の世代になるとどうかなぁ……、というぐあいに、次々と。

証言一。私の知る「三十八度線」は泥警とは違う肉弾戦。別名「ひまわり」。地面に大きく円を描き、円の周囲にぐるりと道を描いて、円の外側組が「さんじゅう」と叫んで、内側組が「はちどせん」と応えたら戦闘開始。外側組が道を走り抜けようとすると、内側組はそれを突き飛ばしたり引きずりこんだり。私は一九六七年の新潟地震の頃まで熱中していました。

証言二。「三十八号線」とも呼んでいた。国道八号線とごちゃまぜになったのかな。

証言三。諏訪町、西本町二丁目、関町あたりに「三十八度線」は分布。

証言四。白龍公園あたりでは、ケンケンしながら敵に肩をぶつけて押しやる遊びを「三十八度線」と呼んでいた。でも、「三十八度線」とは何のことかわからなかったので、「三十八ドケン」とも言っていた気もする。

なるほどねぇ、あの頃世を騒がせた南北分断の三十八度線は、子どもの世界にわけもわからず思わぬ形で取り込まれ、敵味方分かれて陣取りしたり肉弾戦を繰り広げたり。いやいや大人だって、ホントのところは、わけもわからず三十八度線をめぐって戦ったり、夢見たり、身を竦ませたり。あの頃も。たぶん今も。なんて考えるうちに、喫茶店の外でピッカラシャンカラドンカラリンと轟く雷、雨の音。

雨をやり過ごして外に出ました。ふと見上げる青い空に、すばらしく大きな七色の虹。虹の彼方に、どうにも捕まえられぬ幻の鯨が一頭、天を渡っていくような。

14 プロメテウス隊長

その人を「プロメテウス隊長」とひそかに名づけたのは私です。

プロメテウス隊長は、なんでも最近肝臓を半分切り取る手術をして、その痛みは並大抵のものではないというのに、なんのこれしき、肝臓なんぞは切っても切ってもまた生えてくる、たとえまた切られても、どうということはないとうそぶくツワモノ。(隊長は銀の髪、びしっと伸びた背筋、思わず敬礼しそうになるのも納得の陸軍士官学校出身、戦争が長引けば特攻機に乗るはずだった)。

ええ、そもそもプロメテウスとはギリシャの神。天の火を盗んで人間に与えたために、大神ゼウスによってコーカサスの険しい岩山に鉄の鎖で縛《いまし》められて、昼間は鷲の鋭いくちばしで肝臓をついばまれ、血を滴らせ、なのに夜の間に肝臓はもとどおり、そして朝が来ればまたついばまれるという永遠の責苦を負わされた。人間を哀れんで、火を盗み与えたばかりにね。

さてさて、プロメテウス隊長はかつては新聞記者でした。新潟から初めて北朝鮮への帰国船が出航した頃、「いざ帰国！」と沸き立つ朝鮮部落の人々を取材していた。

若きプロメテウス記者はサントリーレッドを手に、それまで馴染みのなかった朝鮮部落に通ったんだそうです。帰国を心待ちにする人々と焚火を囲んで飲んで歌って語り合ったんだそう。あの頃聞き覚えた朝鮮の歌は今でもそらで歌える、ほら、こんな歌だと、オンヘヤ、オンヘヤ……、一節歌ってみせた隊長が言うことには、あの人たちには不思議な輝きがあった、なにかこう気高くてね、純粋なものの輝きとでもいうのだろうか、うん、日本人が失ったものを見たんだな、祖国の役に立ちたいという透きとおった気持ちをね。

（ああ、ちょうどその頃、一九五六年に「もはや戦後ではない」という言葉が経済白書に登場しています）

しかし、祖国を眼差す瞳も、あまりに透きとおると、なにやら恍惚にちかい高揚を誘うようでもあって、あの熱狂はまるで「踊る宗教」のようだったな、と隊長は振り返る。いや、彼らを揶揄してそう言うわけではないんです。隊長は主義・思想・宗教を信ずる者の強さに感動した。あれはまるで戦時中の自分を見るようであったと、ひそかに思った。そして、きっぱりこう言った。だがね、戦後に生きる自分は、彼らがめざした北朝鮮を、当時のスローガンのように「地上の楽園」と思ったことは一度もない。

戦時中は隊長も大きな流れにのまれて、そんな自分を受け容れるために、大切な人を守るために戦うのだと自分に信じ込ませたといいます。信じる力が揺るがぬよう、自分のうちの大切な何かを麻痺させた、大きな流れのなかで幸せであるためには、心のうちに疼く何かを麻痺させなくてはならぬのだと、ひどく恐ろしいことをまことに冷静に隊長は語ります。

実はね、人間に火を与えたがために縛められたプロメテウスは、こんなことも言っているんです。「人間どもに、運命が前から見えないようにしてやった」「目の見えぬ盲《めし》いな希望を与えたのだ」。プロメテウスからの呪いにも似た贈り物。それは今なおわれらを縛りつづけているような……。

けっして地上の楽園とは思えぬ祖国に不思議な輝きとともに帰っていく彼らを、隊長は疑問を抱くことなく見送ったんだそう。あの頃、帰りたい者たちは帰してやろうという「人道」的事業が遂行されていた。実際それは日本と北朝鮮のそれぞれの国の都合で作り出された大きな流れに人間を流し込んでいく作業だったのだけれど、その作業は「人道」という言葉でくるまれていた。

「人道」とは、なにやらとても心地よい。そう隊長は言いました。言葉は時に麻薬になる。人間は麻薬に囚われる。

あのとき自分が感動を滲ませて書いた記事を読んで帰国船に乗った人もいただろう、罪深いことをした……。ぽつり、隊長が言ったとき、私の肝臓がひどく痛みました。

麻痺させてはならぬ大切な何かがずきずきと。

15　三十八度線にて

夕刻、雨がぽつり、新発田、加治川、売店も閉じて人影のない薄闇の道の駅の片隅に、ほら、北緯三十八度線を指し示す石のモニュメント、世界平和の願いを込めて建立された「無限の大地」。

かつて、越すに越されぬ南北分断の三十八度線をせめてここで越えようとした朝鮮生まれの詩人がいました。私もまた敬愛する詩人にならって、この地にやってきたのだけど、足元の石に刻まれた三十八度線は、見るのも踏むのも痛い一筋の傷のように目に映る。カミソリを人間の大地に走らせて、ぱっくりと赤い肉を見せたその傷がそのまま乾いて、でも傷の両端の肉はまだ生々しく盛りあがっている、そんなみみず腫れのごとき三十八度線が足元の石を走り、地球を載せた大地を模したモニュメントへとのびゆく。そしてモニュメントの石を割るようにして、（というより石が三十八度線のために道を開くようにして）、三十八度線は石の向こう側へと突き抜け、ずきずきと丸い地球を一巡り（途中、スペインも通るらしい）、一瞬にして石のわずかな隙間を覗き込む私の背後に戻ってくる。それは神の速さ……。

ええ、不意に、意識が、遥かな南の島へと飛んだのです。三十八度線が通り抜ける石と石の間の隙間を覗き込んだその瞬間、その石の隙間がいつか石垣島で見た「神の道」に姿を変えて、私のもとに戻ってきた。

古来、海から命の糧、豊穣を携えて島へとやってくる神の通り道はゆるぎなく決まっていて、人はその道を塞いではならない、塞げば島の命は滞る。石垣島の町なかをそぞろ歩けば、家々の塀と塀の間にいかにも不自然なわずかな隙間を目にするのですが、それこそが目には見えぬ「神の道」、人知を超えた存在の宿る道、命の通い路。

そして、三十八度線。

新発田、加治川の三十八度線を訪ねるまで、私はさまざまな人々に「あなたにとって『三十八度線』とは何？」と、困難な問いをぶつけていました。答えは人それぞれ。三十八度線をめぐる国際政治を滔々と語る者もいれば、南北分断ゆえに離ればなれの肉親への思いを語る者もいる。拉致の非道を語る者もあれば、なにごとかにじっと耐えて沈黙を守る者もいる。

一言では語れぬ、渦巻く思いを誘い出す、問いの連なり、三十八度線。

私はといえば、人間の知恵の限界をぎりぎり試す遥かな水平線のごときものとして三十八度線を想っている。人と人とを断ち切る線、想像力を封じる線としての三十八度線があり、断ち切り封じる言葉としての三十八度線がある、だからこそ、これまで私たちが身に馴染ませてきた言葉では語りえぬなにものかを潜ませて、さあ、ここから先、おまえたちはどう進む？ どう生きる？ と問いかける声としての三十八度線に私は強く深く思いを寄せる。

三十八度線。人間に豊穣をもたらす問いの道。いまここの言葉を越える言葉を求めてやまぬ道。

言葉、といえば、この世には海に沈んだ文字がある、風が教える歌がある。ええ、これは、かつて私が島々をめぐる旅のさなかに行き会った台湾の原住民族の神話が伝える、「言葉」をめぐる大切な記憶です。遥かな昔、この世のすべてを押し流す大洪水が襲ったとき、新天地めざして舟で旅する者たちがいた。長い航海の末に彼らは美しい島に流れ着き、舟から島に飛び移る、そのとき文字がばらばらと海に落ちてしまったのです。以来、彼らは文字の言葉を持たず、歌で記憶を語り継ぎ、歌で愛を語らい、歌で祈った。彼らに歌を教えたのは風、風にそよいで歌う木々の声。彼らは再びのはじまりを生きる島で、なくした文字を越える言葉を紡ぎ、命を息づかせた。

私たちもまた大洪水のあとを旅する者。（ああ、あの日、言葉も歌もなくしてしまいました……、と呟いたのは津波を生き延びた陸前高田のあの人）。これまでも、これからも、繰り返し洪水に襲われ、言葉をなくし、繰り返し問い、言葉を紡ぎ、歌い、生きる私たちなのではないでしょうか。

われら、島から島へ、言葉を越える言葉へ。

新発田、加治川、あらためて胸に刻む三十八度線上の切なる祈り。

16　私は知っていた

大洪水、といえば思い出すのは、はるか中央アジア、砂漠と草原の国カザフスタンで出会ったノアの末裔、「ノフチ」とみずからを呼ぶ人々。なかでも、見事な白髪にきりりと太い眉の誇り高きマリヤム婆さんのこと。

ええ、ノアといえば旧約聖書のノアの箱舟、この世の最初の大洪水の記憶です。箱舟はアララト山の頂に流れ着いたと伝えられている。アララト山はトルコとアルメニアの国境のあたり。その国境線の北側に広がる大カフカス山脈が貫く山岳地帯がノフチの故郷です。

ノフチは言います。われらは大洪水が世界を押し流したとき、目に見えるもの耳に聞こえるもの形あるものだけに囚われる人間どものなかで、ただひとり、心に語りかける姿なき神の声を聞いたノアの直系の子孫である！　誇り高きノフチをノフチ以外の人々はチェチェン人と呼びます。

そのチェチェン人に、コーカサスではなくカザフスタンで出会ったのです。彼らは、この世の最初の大洪水のあとにも、次々と洪水に襲われ、ちりぢりに流されてはそのたびに新しいはじまりの地で生きてきた、その新たなはじまりの地のひとつがカザフスタンでした。

第二の大洪水は四百年ほども前にロシアから押し寄せてきた。コーカサスを征服せよという荒々しい雄叫びとともになだれこむ、とてつもなく大きな戦いの波。繰り返し打ち壊され、押し倒され、それでも立ち上がり、立ち上がればまた寄せくる戦いの大波小波四百年。

第三の大洪水は、一九四四年。四百年間抗いつづけてきた人々のすべてを、ロシアに生まれた社会主義国家は、民族自立の約束もたがえ、中央アジアの乾いた荒野へと一気に押し流した。追放。この大洪水で五十万人のチェチェン人が押し流され、その半数近くが命を失くした。

神にも等しい力を振りかざして追放の大洪水を起こしたひとりの傲慢な人間がこの世を去ったのちには、ほんの束の間、四十年間、平和と再生の時間がありました。追放の地から故郷コーカサスへと帰る多くの人々がいました。追放の地にとどまる人々もいました。

そして第四の大洪水。社会主義国家崩壊後、独立を宣言したチェチェンに、またもやロシアから凄絶な戦いの波が押し寄せる。この波は渦を巻いていまなお引かず……。

さて、誇り高きノアの末裔、チェチェン人マリヤム婆さんの話です。繰り返し襲いくる大洪水の記憶を胸に刻んで、追放の地カザフスタンで生きてきた。第四の洪水の直前に、生まれ故郷に一族郎党を率いて帰り、あっと言う間に戦いの波にのみこまれ、押し流され、何もかも失って、カザフスタンへと再び流れ着いた。難民一家の主マリヤム婆さん。

私にはわからなかったのです。大洪水の記憶を持つ婆さんが、なぜにみずから第四の大洪水のなかへと飛び込んでいったのか。

お婆さん、なぜ、チェチェンに帰ったの？　ああ、わたしはね、うちの娘をチェチェンの男と結婚させたかったんだよ、チェチェンの娘にはチェチェンの男！　そのためにはチェチェンで暮らして探すのが一番じゃないか。そう胸を張るマリヤム婆さんに、さらに尋ねたのです。戦争の予感はなかったの？

無邪気な、実にむごい問いでした。

不意にこじあけられた、大洪水のあの日の記憶、ほとばしりでた涙、殺された、殺されたぁ、親戚が、九人も、殺されたぁ、可愛らしかったあの娘もこの娘も、あの娘の母親も、母親が抱きしめていた赤ん坊も、ああ、ああ、誰も彼も殺された、女こどもばかり、家の中庭に集められて、撃ち殺されたぁ、ロシア兵が怖くて二週間もあの娘たちに近づけなかったぁ、あの娘たちは鼠にかじられ、犬に食われていたぁ……。

私はむごい問いを、今度は確かな気持で心の中で繰り返す。(戦争の予感はなかったの?)

ふっと我に返ったマリヤム婆さんが呟く。

わかっていた、取り返しのつかないことになるとわたしは知っていた、取り返しのつかないことになったあとにそのことを思い出した。信じるにはあまりに恐ろしいことだったから、大洪水の予感を押し殺した、目も耳も固く塞いだ……。

それは語るも聞くもむごい人間の真実を伝える、ひそやかな声でした。

17　私は知らなかった

それは昭和の戦争が終わって間もなくのこと。東京の下町に暮らす済州島生まれの朝鮮人兄弟のもとに見知らぬ男が訪ねてきた。男は島根から来たという。うまい話があるという。九州・大分の沖合いに戦時中に沈められた船が一隻、船内には東南アジア産の大量の生ゴム、これを手に入れれば一攫千金、どうだ、船を引き上げてみないか？　それだけ言って男は去った。

こんな夢のような話に出くわした兄弟の、弟のほうの孫娘が私の友人なんです。彼女の祖父は東京の下町でゴム工場を営んでいた。つまり、兄弟は夢のような話に乗って幸運をつかんだ。大量の生ゴムを元手にアメリカ向けのおもちゃ工場を興した。この工場は儲かりました、アメリカ様に足を向けては眠れぬくらい儲かった。でもね、このお話、なんだか妙なにおいがする。

さて、わが友も私と同じくらいヘソが曲がっています。私の父が生前に書き残した手記に一族の来歴がほとんど書かれていなかったように、わが友の祖父が残した日記にも、ゴム工場については夢のような話のほかは何もない。だから、われらヘソマガリは何も書かれていないその空白のほうに目をこらす。

まったく、父や父の父たちの語ることといったら、思わせぶりの話のカケラばかり。いったい何を隠し、何を語れずにいる？　その不穏な沈黙は何を語りかけている？

わが友の一族は戦前に済州島から日本に渡ってきました。ほら、三月十一日に私があの凄まじい揺れを路上で経験した東京・三河島も、済州島ゆかりの人々が多く住むコリアンタウン。ええ、コリアンタウンといえば大阪の生野・鶴橋が有名ですが、その界隈も済州島出身者が際立って多い。戦前には済州島と大阪を直接結ぶ航路がありました。船の名は「君が代丸」といったんだそう。済州島民の四人にひとりは日本に働きに来ていたんだそう。島の人々はソウルに行ったことはなくとも、日本にはひょいと渡って、東京や大阪の工業地帯を底辺から支える最低賃金労働者にもなって、なかでも青年たちは社会の矛盾にぶつかって悩んだり、労働運動に身を投じたり、矛盾との闘い方を学んだり。

だいたいが済州島なんて、風ばかり吹いていて、石がごろごろしていて、食うに食えないちっぽけな火山島、だから島の民は生きるための旅に出たわけで、旅は人々の目を開き、道を開き、災いをも呼び……、そう、大変な災禍がやってきました。大洪水のごとき災禍。済州島だけではなく、半島と列島に生きるわれらの未来をも足元からひそかに揺さぶる大洪水。それは、新潟から帰国船に乗って三十八度線の向こうの北朝鮮へと向かった人々のなかに済州島出身者が多くいたこととも深い関わりのあること、でも、あまりに恐ろしくて、心も痛んで、ほとんど語られてこなかったこと。

戦後間もない一九四八年、南北分断を決定的なものとする南側だけの選挙に断固反対の声をあげ、弾圧に抵抗して蜂起した済州島の青年たちを一掃しようと、アカ狩りの名目で、米国の黙認のもと、誕生したばかりの韓国政府が見境なしの島民大虐殺に乗り出したのです。虐殺を逃れて日本に密航する者は数知れず。南への絶望は北への夢となり、日本に生きる朝鮮半島ゆかりの者たちにも夢は広がり、日本は「北」という「夢」への脱出口ともなってゆき……。

そしていま、われらヘソマガリは、済州島出身の兄弟を主人公とするゴムをめぐる夢みたいなホントの話の背後に広がる空白を、こんなふうに読んでいる。もしや、そこには「北」から「南」へと「夢」を引き戻すための企みが潜んでいたのでは。（いや、それは「東」から「西」とも言えるのかもしれない）。あの頃、米・韓・日と連れだって、三十八度線をめぐるまた別の「夢」を振りまこうとする陰謀がこの世に蠢いていたのではなかろうか。

などとまことしやかに語る私ですが、ほんとはね、済州島のことなど、つい最近まで何も知らなかった。言葉にできぬ「空白」、寄り添うべき大切な「空白」が傍らにあるというのに気づきもしない。それを痛切に教えてくれたのは、実は「父」たちだったのです。この話、今度ゆっくりと。

18　ざわめくケガヅ

私は蝦夷である。

そんな想いがむらむらと。平泉、達谷窟《たっこくのいわや》毘沙門堂。切り立った崖の下の大きな窟に半分入り込む形で清水の舞台を模して建てられた簡素なお堂に、北方鎮護の願いを背負った何体もの軍神・毘沙門天がまことにいかめしい面構えで立っている。

その毘沙門天に向かって、仁王立ちで、
私は蝦夷である。

薄暗く不穏な空気漂うお堂の中では、毘沙門天が、二度と逆らうな、永遠に黙っておれと、かつてこの地の主であった蝦夷たちの王、悪路王をぎりぎり踏みつけている。ここに毘沙門天を勧請したのは、京の都から北へと攻めのぼった征服者、坂上田村麻呂。それは遠い昔、平安の世の八〇一年のことで、あれからもう千二百年以上も毘沙門天は悪路王を踏みつづけている。その毘沙門天に、きっぱりと、

私は蝦夷である。

東北自動車道で横浜から被災地に通ううちに気づいたんです。福島の国見サービスエリアと宮城の白石インターチェンジの間に三十八度線が走っている。私は知らず知らず何度も三十八度線を越えて、東北・三陸へ。

そして、その三陸には「ケガヅ」という言葉がある。自然の脅威にさらされ、繰り返し飢饉に襲われ、無数の生き死にの物語が埋もれてきたという地。人間がぎりぎり生き抜く「最後《ケガヅ》の場所」。

ええ、三十八度線を越えるたびに、私のなかで、東北と朝鮮の北部が一衣帯水で脈々とつながっていったのです。東北がずっとケガヅでありつづけたならば、ほぼ同じ気候の朝鮮北部も同じくずっとケガヅ。昔から繰り返し冷害、旱魃、飢饉に襲われ、たまさか陸続きの中国やロシアに流れゆくこともできたから、多くの流民が北へ、北へ。

あるいは、東北と朝鮮を見えない線で結ぶこんな話もある。明治の大津波が三陸を襲った直後に中央紙「時事新報」が伝える、現地入りした赤十字社医員の言葉。「地方巡回中最も困難を感ずるもの二あり。一は村落の不潔と臭気……恰も朝鮮にある心地せりと。其

二は言語の通ぜざること」

その後、植民地になった朝鮮は日本の食料基地となり、南部の肥沃な水田地帯からは大いに米が日本へと送り出され、朝鮮北部には米の増産のための窒素肥料を生産する大化学コンビナートが作られ、なんでも日本からやってきた肥料会社の社長は、丘の上に立って、あそこからあそこまでを工場の敷地にせよと、ステッキで人住む土地を指し示したんだそう。コンビナートを動かすには電気が必要だから、植民地の民を牛馬の如く酷使して峻険な山中に水力発電のダムを建設したんだそう。朝鮮で食えない人々は中国やロシアばかりでなく、日本にもぞくぞくと渡り、日本を底辺から支える労働力となり……。

実を言えば、それと同じことが、東北でもね。東京に米を送って、労働力を送って、昔は石炭掘って工業地帯の動力源も送って、炭鉱閉山のあとの寂れた町のよみがえりの秘策と持ち込まれた原発からは電気を送って、工業製品の部品も作って送って……。本当に送るばかり、身を削るばかりのケガヅ。

ああ、東北は植民地だったんだな、と三・一一後にあらためて大きく溜息をついた人々がいました。私はその溜息の思わぬ深さに、千年の眠りから醒めたかのような心持ちになりました。知らぬ間に「最後の場所《ケガヅ》」を貪って東京に生きる、能天気な植民者のようであった自分に驚きました。

ねえ、東北が最初に植民地になったのはいつ？　それはね、坂上田村麻呂に敗れた悪路王の魂を達谷窟の毘沙門天が踏みつけた頃。

あの頃からずっと、いつもどこでも、踏みつけた者たちは神を祀り、歴史を語り、踏みつけられた者たちはじっと黙して、ケガヅはケガヅのまま、無数の生き死にの物語は海に沈み山に埋もれ、でも、ほら、深い溜息が聞こえるでしょ。大きく揺さぶられた世界の裂け目で、隠されてきたこと語られなかったことがざわめいているでしょ。ざわめきが呼び出す、私のなかの深く遥かな場所に潜む声、あるいはかけがえのない空白。

私は蝦夷である。

19　ケンカドリの伝記――空白の「父」たち　その一

少年の記憶に
船出は
いつも
不吉だった。
すべては
帰ることを
知らない
流木なのだ。（長編詩「新潟」金時鐘　より）

それにしても近頃想うのはグスコーブドリのことばかり。（ブドリって、私には蝦夷の名のように響くのだけど、それはやや妄想かもしれない）。

イーハトーブの大きな森のなかに生まれ、烈しい寒さと飢饉に襲われて十歳で親を亡くし、妹とはなればなれになり、独り森をあとにした少年ブドリ。イーハトーブには三百幾つの火山、ぐらぐらと大地が揺れて火山が火を噴いて灰が降れば、暮らしは立ちゆかない。イーハトーブには旱魃や冷害が繰り返し襲い来る。森を彷徨いでた少年を救った農民もまた飢饉に苦しんでいる。少年は胸に夢を抱きました。みながつらい思いをせぬよう、学びたい、働きたい、身を尽くしたい。やがて少年は大きな夢への扉を開いて、イーハトーブの火山を見張り、危ない火山には惨禍を防ぐ工作をする仕事に就きます。そしてブドリが二十七歳になった年、再び烈しい寒さが襲い来る。ブドリはイーハトーブを救おうと、火山を噴火させて吹き出す炭酸瓦斯で寒さと飢饉と不幸を追い払おうと、命を投げ出した。

かつての自分のように、迫りくる理不尽に追われ、誰も二度と故郷を失わぬよう、誰も二度と大切な人を失わぬよう離ればなれにならぬよう、誰も二度と苦しまぬよう……。

祈りに命をかけるグスコーブドリ。その伝記を書いたのは宮沢賢治。グスコーブドリとは、イーハトーブに、つまりは岩手に、日本の道の奥に、生きて死んでいった無数の祈る人の名であり、一つの「グスコーブドリの伝記」のなかには、無数のグスコーブドリたちのざわめき。無数のグスコーブドリの夢、無数のグスコーブドリの祈り。

気がつけば、私の生きるこの世界が烈しく揺さぶられた三月のあの日以来、グスコーブドリの見た夢が私のなかに潜んでいた「あの夢」とひそかに互いに呼び交わしているようなのです。グスコーブドリの祈りが、私のなかに隠されていた「あの祈り」をひそかに呼び覚ましたようなのです。

私の暮らす横浜から東北自動車道を北へ、福島、宮城、岩手、三陸へと、道の奥へと、津波や放射能で何もかもが流木のようにちりぢりばらばらに押し流されていった町々へと、思いもがけぬ船出と行方の知れぬ漂流に戸惑う人々のもとへと、突き動かされるように走っていく、その道の上にそれまで気づかなかった三十八度線を見いだした時、あっ、思わず小さな叫びをあげたのは、その瞬間、「あの夢」「あの祈り」が私の体の芯のところで大きく脈打つのを感じたからなのです。

あの夢、あの祈り。それは私の記憶の空白―カシワザキ―の、私自身も気づかぬ奥深いところで我知らず受け取っていた、私に連なる無数の連綿たる生と死の記憶と空白。私はそれを「ケンカドリの伝記」と呼びます。

その昔、朝鮮の済州島から大阪へと船出した流木たちが暮らす町イカイノに、ひとりの少年がおりました。名はケンカドリ。少年の父と母が生まれ育った済州島は火山島、島の真ん中には島を生んだ火の山ハルラ、そして島じゅうにぼこぼこと三百六十余りのハルラのこどもの小さな火山。（まるでグスコーブドリのイーハトーブのよう）。もうずいぶん長い間火山どもはじっと眠っているのだけど、昔噴き出た溶岩に分厚く覆われた島は年がら年じゅう飢饉のようなものだから、人々は繰り返し明日に向かって船出する。

船出するときには命がけで夢を見て、死に物狂いに祈って、かつて船出して二度と帰っては来なかった者たちの記憶は心の底に隠し持って。（だから、グスコーブドリが人知れず無数にいるように、流木の少年ケンカドリも無数にいる）。

ケンカドリとはひとりの少年の名であると同時に、沈黙してその記憶を語ることなく、私にとっては「空白」でしかなかった「父」たちの名でもあるのです。

20　ケンカドリの伝記　その二

目に映る
通りを
道と
決めてはならない。（長編詩「新潟」金時鐘　より）
匂いがね、と今では年老いたケンカドリが言うのです。キミなんかにボクが生きてきた道のりは話さない、話すだけでも心が痛い、ボクの心は誰にも渡さない。じっと言葉を待つ私を突き放すように、話さない、痛い、話せないと繰り返すケンカドリが、不意に遠い眼差し、少年の面差し。匂いがね……と呟くのです。

もう半世紀以上も東京に生きている、なのに、ほんの十歳まで暮らした大阪のあの町の匂いが鼻の奥で疼いている。匂いは痛い忘れたい忘れがたいあの頃への道標。

あのね、大阪行って鶴橋駅で降りるでしょ、その途端にぷんと匂いが鼻を打つ、その瞬間にボクはもう七十年前のボクだよ、あのあたりにはどぶ川が三本くらいあって、子どものボクはそこで藻を餌にして鮒釣りをしたんだ、うん、大阪城の広場ではトンボ釣りをやったなぁ、糸の両端に重りの石をつけて、パッと投げると、トンボが餌だと思って飛びついて糸に絡まって落ちちゃうんだ。バカだな、トンボは。バカだったな、ボクも。あの頃ボクはまだ十歳になるかならぬかの少国民だった。

どぶ川の匂い、埃の匂い、風の匂い、思い出す、思い出す、小学生のボクは勉強なんかしたことない、本なんて読んだこともない。毎日ケンカばかり。勝つまで闘う。実にしつこい。ケンカ相手が逃げ帰ったら、その家の前で、朝までても、相手が謝るまで仁王立ちなんだ。

あの頃ね、戦前の大阪のボクの住んでたあたりでは、朝鮮人と沖縄人には家貸すなとか、食堂なんかでも、犬には食わしても朝鮮人と沖縄人には飯食わすなとか。ボクの兄貴なんてまだ十五、六だったけど、ガラス工場のものすごい熱風の中で朝から夜遅くまで働いて、だからボクなんて兄貴の顔をほとんど見た覚えがないくらいで、それでひと月一円もらってたけど、本当にわずかなお金、朝鮮人が日本に来て工場で働いて受け取るお金は涙が出るくらいにわずか、ああ、そうよ、沖縄人もそうだったよ、それでも島で暮らすよりよかったんだろうか、わずかでももらえることに感謝しなけりゃいけないんだろうか、人間のように扱われなくとも、それでも生きてるほうがいいんだろうか、それでも生きていくのが人間なんだろうか……、ああ、そのわずかなお金で一家がなんとか暮らすんだ。そして子どものボクはわけもわからず、やられてたまるか、やられてたまるか、いつもなにかと闘っている、ケンカばかりしている。

朝、学校に行くでしょ、朝礼があるでしょ、そのあとボクはいつも運動場に立たされて先生に殴られたの。ボク、ケンカばかりで言うこと聞かないから、この野郎、この朝鮮人野郎って。いつもみんなの前でバケツ持って立たせられて、黒板消しで頭を叩かれたの、白い粉まみれになるの。ボクも心の中で、この野郎、この野郎。小学校では日本人が級長、朝鮮人は級長には絶対なれないから、この野郎、この野郎、級長を捕まえてね。はっはっはっ、悪いことばかりしてる、でもほんとのところ、何と闘ってたのか、わからなかったんだな、ボクはバカだったからなぁ。

あの頃、ボクも立派な少国民だったのよ。立派な皇国臣民だ。学校で訓練受けて、竹槍と防空頭巾でＢ29と闘えると思っていたもの、闘って死んで金鵄勲章をもらえたらいいな、靖国に祀られたいなと思っていたもの。

戦争疎開でボクはお父さんとお母さんのふるさとの済州島に初めて行ったの。十六歳の兄貴に連れられて二人で下関まで行って、釜山まで船に乗って、釜山から木浦までは汽車に揺られて、木浦から済州島までは船。大阪生まれで朝鮮を知らなかったボクは、済州島が朝鮮半島だと思い込んで、あんまりちっぽけでがっかりした。

ボクは本当にバカなケンカドリだった。けしかけられてむやみに闘う軍鶏《けんかどり》のようなものだった。ボクがボクの本当のケンカの相手を知るまでには、ボクの心は何度も死ななきゃいけなかった。

21　ケンカドリの伝記　その三

それがたとえ
祖国であろうと
自己がまさぐり当てた
感触のあるものでないかぎり
肉体はもう
あてにしないものなのだ。（長編詩「新潟」金時鐘　より）

日本の大阪のイカイノは日本の中の朝鮮、もうひとつの済州島。空襲が激しくなった戦争末期、少年ケンカドリは戦争疎開で生まれて初めて両親の故郷済州島をめざす。父は日本に残った。母は幼い妹と二人、先に島に戻っていた。兄とふたり、母を訪ねて、済州島。

あのときボクは十二歳、兄貴は十六歳、ほんの十六歳なのに兄貴は本当に大人だった。済州島のおかあさんの実家のある村にたどりついて、家の裏山まで来たら、新しい土盛りのお墓があるの。あ、おじいさんのお墓だ！　兄貴がお墓にすがりついてわんわん泣いてね、ボクはぼんやり見てるの。工場で大人並みに働いてた兄貴は、もう体で人間の情愛というのを知っているみたいでね。しばらく泣いて、涙をぬぐって、裏山を下りて、口笛吹いて家に入って、ただいま帰りました！って言うの。兄貴は日本からレーニンの書いた社会主義の本も隠し持ってきていたよ。一家の暮らしを支えるために、大阪のガラス工場で搾り取られるように働きながら、何かがおかしい、世の中の何かが間違っている、その何かが何なのかを知りたいと勉強していたんだな。搾り取られる体が、そのわけを知りたがったんだな。

あの頃、済州島には、兄貴みたいな青年がひそかに沢山いた。

ああ、ボクは本当にバカだったの。植民地の民、朝鮮人の子どもだけど、日本の少国民だったから、日本語しか知らなかった。済州島の小学校も戦争が終わるまでは日本語しか許されなかった。ボクも、ボクが本当は日本の少国民じゃないということにボクの体が悟るまでには、それなりの経験が必要だったの。先生に殴られるくらいじゃ生ぬるい。もっと骨身も砕けるような経験がね。

キミは知ってるか？　済州島と沖縄は本当に似たような運命を生きてきた。あの戦争のとき、米軍は沖縄でなければ、済州島に上陸したかもしれなかった。戦争末期、日本軍は米軍の済州島上陸と決戦に備えて、二十万人もの兵隊を済州島に連れてきた。武器も持ち込んだ。慌てて高射砲陣地、特攻艇基地を作って、飛行場も整備して……、その工事に島の人間が強制的にかりだされたのよ。小学生のボクも働かされた。ぎらぎら炎天下に、土運んだり、石運んだり。家には帰してもらえない。ボク、倒れてしまったよ、倒れたら鞭で叩かれるの、血が噴き出すの。ローマの奴隷みたいだったよ。ああ、これが植民地なんだって、そのとき初めてボクはわかった。そのうち戦争が終わったら、大人たちが万歳、解放万歳！って喜んでる。えっ、解放って、何？　なぜ万歳？　子どものボクには意味がわからないんだ。日本が戦争に負けたことと植民地支配からの解放ということがつながらないんだ。でもね、さあ自由だ、家に帰っていいぞって言われて、うれしかったなぁ、本当にうれしかった。自由に家に帰れること、それがボクにとっての解放だった。

でもね、解放のあとも、ボクは牛だったよ。牛のように働いた。同級生は中学に行ったけど、ボクのうちは働き手がいないから、おとうさんは日本に残ったままだったから、兄貴は郡庁に働きに出たから、野良仕事はボクがやる。中学の月謝払うには牛一頭売らなければならなかったから、牛一頭は一家の生命線だったから、ボク、中学行かないっておかあさんに言った。小学校までは日本語の読み書きしか教わってない。朝鮮語は読めない書けないままで、野良仕事。そしたらおかあさんが可哀そうに思って、昔ながらの寺子屋に行かせてくれたの。野良仕事の前に、朝四時から千字文の漢字を習うんだ。そのとき初めて、あ、これやらなきゃダメだ、勉強しなくちゃ、そう思った。ボク、人間になりたいと思った。十四歳だった。

ボクは、ボクを世の中につなげてくれる言葉を持っていなかった。

22　ケンカドリの伝記　その四

ひたすら
東北目ざして
地表を這った。
アーク灯に
おびえ
地層の厚みに
泣いた
宿命の緯度を
ぼくは

この国で越えるのだ。(長編詩「新潟」金時鐘　より)

沖縄戦では「鉄の暴風」が吹き荒れて、四人にひとりが亡くなった。済州島では戦後数年もしないうちに「アカ狩りの狂風」が吹き荒れて、公式発表では九人にひとり、実際には、今も恐怖にとりつかれたままの人々が身内の死者の名を届け出ないから、四人にひとりは殺されたのではないかともいわれている。その多くはアカくもシロくもクロくもない、ただ右往左往するばかりの、つまりはごく普通の庶民にすぎない済州島民を殺したのは、誕生したばかりの韓国政府が差し向けた軍隊、極右団体、警察隊。

沖縄が本土防衛のための捨て石ならば、済州島は米国を後ろ盾とした韓国政府を盤石のものにするための踏み台だった。なぜ済州島が？　済州島の民だけが唯一、三十八度線を固定化しようと目論む南朝鮮単独選挙に島ぐるみ参加しなかったから。

貧しく小さな島共同体には、半島からも列島からも搾り取られ虐げられてきた皮膚感覚としての記憶がある。島共同体はおろおろしながらも、力を持つ者たちの理不尽と非道に憤る島の青年たちの、朝鮮統一の願いに寄り添った。それは思想以前のこと。記憶を刻んで生きてきた島の民の体が選んだこと。一九四八年四月三日、青年たちは山に入って武装蜂起する。そして新国家による見せしめの虐殺がはじまった。山を拠点に闘う通称山部隊らしい。

三十八度線のはじまりの一点には、人間が人間であることに対して犯した裏切りがある。未だ明かされない痛みに満ちた記憶、血の色をした空白がある。裏切りから生まれでた世界に人は人として生きられるのか？　そう問うたのは、今は年老いたケンカドリ。

あの頃ボクはまだ十五、六歳の子どもで、右とか左とか関係ない、何もわからない。島のなかでただ人間が殺し合っているんだよ。誰もがだんだん疑心暗鬼になっていく。あやつは軍警と通じているのだろうか、あの村は山部隊側なのだろうか。疑われたらもう殺される。軍警からも、山部隊からも。軍警はそれこそ見境ないよ、山部隊に入りそうな男だけでなく、女も子どもも年寄りも……。

兄貴が山に入ってしまったから、ボクは十五回も極右の連中や憲兵や警察に引っ張られては拷問を受けてね、あのとき鼓膜が破れたから右の耳は聴こえないの。初めて引っ張られたときはおかあさんと二人。別室に連れて行かれたおかあさんがギザギザの木の板に正座させられて膝の上に石を置かれて悲鳴をあげているのが聞こえるじゃないか。だからボクは言ったよ。ボクを殺してくれ！　罪のない母親は帰してくれ！　そしたら連中がこう言うの。兄貴が山から下りてきたら報告するか？　する、と答えた。兄貴が目の前にいたらどうするか？　竹槍で突き殺す、と答えた。ほんとか？　ほんとだ、と答えた。それで釈放されたと思ったら、またすぐ捕まって拷問が始まる。その繰り返し。殴られて、電気通されて、耳から血を流して、体が膨れあがって、棺桶がわりの担架に乗せられたら、もうおしまい。留置所の裏の麦畑に捨てられる。担架が用意されて、ああ、ボク、もう死ぬ、そう思っていたそのとき、兄貴が捕まって留置所に入ってきたんだ、兄貴がボクを抱きしめてくれたんだ、ああ、ボク、もうこれで死んでもいいや、息も絶えだえにそう思った。でも、不思議だな、死なないんだ。

おかあさんは長男の兄貴を助けたくて、田畑を全部売って、憲兵に賄賂を贈ったのよ。そしたら憲兵は体がパンパンに腫れあがった瀕死のボクを釈放した。せめてこれだけでも生かさないと家が絶えると、おかあさんはボクを日本行きの木の葉のように小さな闇船に乗せた。生き延びろ！　無言の見送りを背に、激しく荒れる国境の海、玄界灘をボクは越えた。

それから二度と兄貴にもおかあさんにも会うことはなかった。

23　ケンカドリの伝記　その五

常に
故郷が
海の向こうに
あるものにとって
もはや
海は願いでしかなくなる。（長編詩「新潟」金時鐘　より）

木の葉のような密航船で、闇夜を越えて、荒ぶる海を渡って、痛む心と体を引きずって、ただ匂いに導かれてケンカドリは朦朧と旅をした。

まったく記憶にないの、ボクは船がたどりついた場所すらわからない。その頃親父が暮らしていた東京の上野にも、どうやって行ったのかわからない。覚えてないの。でも、不思議だなぁ、あのとき大阪の鶴橋駅にたどりついてからあとの束の間のことは覚えているんだ。あのときもどぶ川の匂い……。ボクはなぜだか戦争疎開で別れたきりの小学校の同級生を探してた。島から逃げてきて、ただ怖くて、会いたかったのは幼馴染。ああ、彼は日本人だよ、民族もへちまもなく仲が良かったんだよ。あいつ、どこにいるんだ、ボクはここにいるよって、探すんだ、あいつの匂いを探すんだ、一生懸命探すんだ。でも、会えなかった。

東京は見渡すかぎりの焼け野原、親父は御徒町あたりのバラックに住んでいた、そう、まるで津波のあとの光景のようだった。親父は蠟燭つくって売っていた。戦後の電気もまだない頃の闇夜の灯りの蠟燭作りだ、大阪のイカイノで身に着けた生きる術だ。ボクは朝鮮学校に通うようになった。十七歳になっていた。

ボクね、あのとき鉛筆というものを生まれて初めて握ったの、ノートというのに初めて字を書いたの、十七歳なのに中一のクラスで勉強したの、ABCのAも知らない、算数は足し算引き算がやっと、クラスでビリ、何をしたらいいのかもわからない、そのうち島に帰るんだろうとぼんやり思うだけ、一九五〇年、朝鮮戦争のはじまった年だったよ、兄貴は軍事裁判を受けて全羅南道の木浦の刑務所にいた、北朝鮮が三十八度線を越えて南へ南へ、そしたら韓国側は刑務所にいるアカの疑いのある政治犯は殺してしまう。兄貴はね、港町木浦の沖合に船で連れ出されて沈められてしまった。哀号、アイゴー、済州島のおあさんからの手紙からは涙がほとばしっていた。

ああ、その瞬間、ボクは死んでしまったよ。死んで、生まれかわったよ。ボクの命、ボクのすべてが変わってしまった。ボクのからっぽの頭にいきなり国家や世界が飛び込んできた。頭がいきなりこの世界と同じくらい大きくなってしまった。ケンカドリのボクのケンカの相手がようやくわかった。このケンカに勝つには、ボクは言葉を持たなきゃいけない。島を殺し、兄貴を殺し、人間を裏切りつづける者たちに立ち向かう言葉を、裏切りから生まれた国や世界を越える言葉を、ボクは持たなきゃいけないんだ、それが本当に人間になるということなんだ。ボクは人間になりたかった。

その日からボクは死に物狂いで勉強したよ。何もわからない悔しさに涙を流して勉強した。東京中の電気が消えてもボクの部屋だけは消えない。三年後、ボクは教室で講義をするようになっていた。

ああ、なんだかしゃべりすぎたようだ。もうここまでだ。心が痛いから、生きているから、わからないから、話せないこともある。生きるために話さないこともある。

人間はひとりひとり、それぞれの喜び、それぞれの傷、それぞれの哀しみ、だから、ひとりひとり言葉も違うんだろう。ボクにはボクの、キミにはキミの、嬉しくて痛くて哀しくて、それでも生きて乗り越えてゆく言葉、人間の言葉があるんだろう。なあ、キミもわかるだろ、わかるならそれでいいじゃないか。

ボクはね、近頃、だんだんと、朝鮮半島も済州島も日本もひとつの停留所にすぎないような気がしてきたの。こんなふうにして人間は流れて生きていくんだなと。ボクには拠って立つところなんかないの。宗教的にも思想的にも政治的にも拠って立つものなどない。ボクが拠って立つのはボクの領土とボクの民族だけ。風の匂い水の匂い埃の匂い、ボクの領土。汗の匂い垢の匂い血の匂い涙の匂い、ボクの民族。

24　ケンカドリの伝記　その六

誠に知んぬ。悲しきかな愚禿鸞、愛欲の廣海に沈没し、名利の大山に迷惑して、定聚の数に入ることを喜ばず、眞證の證に近づくことを快しまず。恥づべし傷むべし。

（親鸞『教行信証』信巻より）

十月、もう秋なのに汗ばんで夏めいて、夕刻にはいきなりしんと冷えて冬めく、ススキが揺れる、季節も惑う、静かに荒ぶる海のほかは何もない、上越・居多が浜。八百年前、この浜では、念仏を信じたがゆえに時の権力によって越後に流罪となった親鸞が、越えがたき海を見つめていた。いま左手の山にはひんやりと尖った光を放つ夕日。冷たい波に芯まで濡れた白い小石を一つ拾いました。握りしめました。

闇夜の海を越え、あるいは越えられぬ海を前に立ちすくみ、祈っても祈っても迷い惑いの尽きぬ廣海を浮きつ沈みつ生きてきたわが父たち、ケンカドリと私が呼ぶ父たちを想いました。掌のうちの石の声にじっと聞き入りました。

恥づべし傷むべし、それはケンカドリたちの言葉にならぬままに石と化した声のようでもあり、知らず知らず父たちの声なき声に耳を閉ざしていたわが身の石のように頑なでうつろな真ん中のところから漏れでる声のようでもあり。

私を居多が浜に向かわしめた人がいるのです。この世の無数のケンカドリのなかでも、数奇な運命をたどって親鸞に帰依した人。

かつて、その人は、朝鮮語しか話さぬ朝鮮生まれの父親のもと、戦前の日本で生まれ、日本語しか知らず、日本社会に受け入れらずに育った。誰ともどこともつながる言葉を持たない、誰も何も信じぬ少年でした。

少年は荒れた。心に闇を宿した。生きる言葉を持たぬ少年は闇を喰らって生きた。喰らうほどに闇は深くなった。言葉のかわりに体に物を言わして、力まかせに暴れて、力への帰依の証に太腿に刺青を入れて、心には空っぽの闇ばかりが渦巻いて、声にならぬ叫びは、生きたい生きたい信じたい信じたいつながりたいつながりたい！

力はつながりを断つものだから、力をふるうほどに闇は深くうつろ、言葉はますます遠く、ある日少年はその身からナイフで刺青を抉り取る。でも、闇は消えない。闇は血と痛みにまみれて、無明の海に惑って、生きる言葉を探して、十年も二十年も五十年も時は流れて。

今は年老いたこのケンカドリが言います。戦後間もない頃、「主義」という夢の言葉に身を預けたこともある、でもやがて頭だけで夢を見るような言葉を体が激しく拒んだ、「武器を持て、敵と闘え」、理路整然と命じる夢の言葉に、違う！と体が叫んだ、「力」の恐ろしさを骨の髄まで知る体が震えた、それからずっと、誰の言葉でもない、夢見るような言葉でもない、生きているこの身にぎりぎり食い込む言葉を探しつづけてきた、身を抉り滲み出る血のような言葉を……。

そのケンカドリが言うのです。本など読んだこともなかった無頼の男が千巻、万巻、すがりつくように本を読んだ、擦りきれるまで辞書を繰った、けれど、つかんだと思った瞬間に、違う！と体が叫ぶ、恥づべし傷むべしと体が呻く、這いつくばってのたうってその末に親鸞に出会った……。

言葉とはおおそらごとのからっぽ、言葉という知恵だけでは人はつながれない、救われない、人は言葉を使いながら言葉を乗り越えようとするとき初めて真に生きる、真につながる、そういうことを親鸞は八百年前、末法の世と呼ばれた地獄のような時代にひたすら考えた。言葉を突き詰め言葉を越えようと身悶えた親鸞の生身の声に、闇に沈み言葉に惑う自分は引き寄せられた。そう静かに語るケンカドリの声に私は聞き入りました。かすかに、はらり、言葉に執着して生きてきた私のなかの何かがほどけた。何かが動いた。そして無性に居多が浜に行きたくなった。

恥づべし傷むべし、繰り返し呟き、石を握りしめ、いま、私は、なんにもない居多が浜。掌のうちで石が温もる。ほのかにたしかに思う。つながれるかもしれない。目の前には今も昔もいつまでも荒ぶる海、それでも越えゆくわれらの海。

25　祈り

真っ白。水に押し流された空っぽの街、なんにもない海辺の平野にしんしんと雪が降り積む夜、いや、でも、なんにもないわけがない、目に見えず耳に聞こえずとも空っぽのはずがない、二〇一一年の陸前高田、初雪は十二月十八日、無数の死を身の内に宿して生きるあの人たちからの初雪の便りに、私の心が疼きました。つながりたい、あの人々と、あの人々のうちの無数の彼らと……、疼く心から滲み出てくる声。

つながりたい。それは、物心ついた頃から、私をいまここからどこかへと彷徨いださせる衝動でした。

でも、つながれたくはない。これもまた、物心ついた頃から、私を行方知れずの旅へと押しやる衝動でした。

つながりたい、つながれたくない、実を言えば、ほんの数日前まで吐き気にのたうち、悶々と、そんなことを夢うつつに反芻していたのです。

そう、つい数日前、内臓すべて空っぽになるまでげろげろと吐いて、深夜の救急病院で医師と交わしたこんなやり取り。これはロタウィルスですよ。えっ、先生、ノロではないんですか？　ええ、ロタです。身の内を空っぽにするこの凄まじい吐き気はロタなんですか？

点滴受けて朦朧と、ロタと聞けば、ああ懐かしの……、空っぽの心がふらふらと、かつて歌に呼ばれて流れ歩いた沖縄へと漂いだした。ロタという声に夢うつつで口ずさむ、「安心、生きちょる、不思議《ひるま》さよ、ああ懐《なち》かさよ、テニアン、サイパン、ロタ、パラオ」、戦争末期、激しい艦砲射撃にさらされた南洋の島を逃げ惑った沖縄の人々が戦後に歌ったこの歌、「南洋帰り」、テニアン、サイパン、ロタ、パラオ、あのとき戦場の島では彷徨って飢えて追いつめられた人々が崖から海へと飛んで、飛んで、はらはら落ちて、そんな見たこともない情景を思い出す私は、言葉にも人にも命にも誠実な詩人石垣りんの呟きを想い起こしている。「崖」という詩の中のあの呟き。「それがねえ　まだ一人も海にとどかないのだ。十五年もたつというのに　どうしたんだろう。あの、女」

その呟きに私は夢の中で呟きかえす。うん、あの女も、彼らも、誰もかもみんな海にとどくはずがないよねぇ、だって、きちんととどくにはとどくための、とどかせるにはとどかせるための、生から死へと送るには送るための、つまりは、そうやって送るものと送られるものとがつながる言葉が必要で、つながってこそ生ける者も死せる者も生き生きと息づくわけで、それは言葉でありながら言葉を越えた深い祈りのようでもあって、いったい誰がそんな言葉を持っている？

そう問うて、はっとうつつに返りました。これだった、これこそが私を旅へと突き動かしてきた問いだった。そして、初雪の便りを受け取った私の、何もかも吐き出して空っぽになった体の底から、つながりたい、つながれたくない、滲み出るように、声。私の声のようであって、私ではない誰かの声のようでもある、そんな声。

あの日、三月十一日、揺さぶられ流されて、人も言葉もちりぢりばらばらに放り出されて、それから無闇につなげる言葉が世の中に溢れだした。つながる前に、性急につなげられ、つながれていく。それは困る、困るんです。つながれてしまったらつながれない。だから、無闇なつながり、無闇な追悼を遠ざけて、石巻生まれのある詩人が放つこんな声、「わたしの死者よ　どうかひとりでうたえ」「かれやかのじょだけのことばを　百年かけて　海とその影から掬え」、こんな厳しい声に私も覚悟してわが声を重ねるのです。

死者のことばも死者の歌も、それを語りつぎ歌いつぐ生者のものでもあるのだから、生者よひとりで歌え、百年かけてもことばを孕め、孕むまで群れるな悼むな忘れるな、生者よ死者よ、私よあなたよ、よくつながれ。

私のからっぽの体のなかにひとひらふたひらはらはらと、雪が降り積むように、私のものであり彼らのものであるはじまりの祈り降り積む。

しんしんと、陸前高田、真っ白な祈り。

26　うたのおくりもの　その一

陸前高田の空っぽの街へとゆくたびに、私は途方に暮れる。しきりにひとりの男を想います。男の名は菅江真澄。

男は、二百三十年ほども前、みちのくを大飢饉が襲った年に、三十歳で故郷の三河をあとに、世を去るまでの四十六年間みちのくを巡り歩いた。飢饉は旅立ちの年もその翌年も翌々年も。白骨散らばる村を通った、嘆きの村を見た、人々の声を聴いた。「おととしのにもまさる苦しみ、われらはいかなる前世の罪ゆえに、こんな目に……」。旅の空の下、幾度も地震に揺さぶられ、「これはいったいどうしたことか、この世はすべて泥の海ではないか」。男も呻き声をあげた。

みちのくをゆく男は実によく物語を聞き、歌を聴きました。実によく人々と歌を交わしました。慈しむようにそのすべてを旅の日記にとどめました。ほら見て、男の眼差すその先を。鎌で拍子を取って夢中になって歌いながら野辺をゆく農夫がいる。いつの世も人というのは心が脈打つままに歌を口ずさむもの、ポロリこぼれ出た歌に心揺さぶられるもの。「歌は神の教え」、旅路で耳にしたそんな言葉も男は日記に書きとめた。

だから途方に暮れるたび私は男に問いかけるのです。ねえ、あなたは確かに知っているのでしょう? どんな災厄に襲われても人は生きて歌ってきたことを。血が脈打ち心が息づくわれらの体からは歌が湧きいづることを。大昔、限りなくサルに近く無力だったわれら人間にとって最初の歌は祈りだったのだから、言葉を持たずとも声の調べが祈りになるのだから、歌は祈り、祈りは歌、必死の祈りのある地には言霊さきわい歌さきわい詩さきわう……。それなら私も知っています。それは旅が教えてくれたこと、男も伝えていること。


　でもね、陸前高田で出会った、あの日を生き延びたあの人たちが、今はまだ、ひっそりこう言うのです。

「わたしたち、あの日から、すっかり歌を失くしてしまいました」

　私はおろおろとした心になって、あの人たちの傍らで、(あの日、あなたがたに何が起きたのですか?)、間抜けな問いをのみこむ。なのに、あの人たちは問いを耳にしたかのように、ぽつり、ぽつり、独り言めいた呟き。

「水ってね、黒いんです。塊なんです。ごごっと低く唸って、大きな黒い壁になってやってくるんです。壁に押されて電信柱が一つまた一つとゆっくり倒れてゆくんです。わたしね、黒い壁が目に飛び込んだ瞬間、もう走りだしていた。思わず叫んでいました。走れっ！　みんな走れぇ！　後ろ見るなぁ、前見て走れぇ！」

この人は死に物狂いで走って、胸が張り裂けて、裂け目から言葉がざあざあと落ちていった、その道に、私も海を背に立ってみた、私も幻の黒い壁を見た、私も思わず走りだした。道は限りなく恐ろしく平らか、うっかり後ろを見たなら凍りつく、この身は石になる、きっと言葉も、歌も。

あるいは、こんな呟きも聞きました。

「あのとき私は図書館にいました。みんな隣の体育館に避難したけど、私は胸が騒いで山すそのわが家に車を走らせて、車を降りて玄関に入ろうとして、ふっと背後に殺気を感じてね……。あのね、家が歩いていたんです。向こうから家が水に押されてこっちめがけて歩いてくるの」

そのとき既に体育館は三百人近い避難者もろとも水にのまれていた。歩く家に追われて逃げて逃げて逃げたその人は、逃げ切れなかった多くの人々を見た。「あのね、くるぶしまで黒い水がきたら、もうだめ、みるみる水にのまれて、せめて片手だけ水の上に差しだして、あの方々はさよならさよならと手を振って流されていきました」

今は幻のあの方々に私は思わず問いかける。あなたがたの名前は？（さよなら）、あなたがたの言葉は？　歌は？（さよなら）、まだ聞き届けていない（さよなら、さよなら）、遠ざかる声を体が前のめって追いかける。だって、いつの世も旅人は声のほうへ歌のほうへ。人は歌をおくりおくられ旅して生きて、うん、そうね、そうよね、あの人たちに歌をおくろうか。そんなことを思ったのです。おろおろと陸前高田で。

27　うたのおくりもの　その二

はるばると横浜から参りました陸前高田、こんにちは、まずはみなさま、このみちのくの空の下、風の便りに聞いた、こんなお話、津軽じゃ猫に蚤がたからない、玉味噌で汁を煮立てても泡立たない、河童が人をとってゆかない、稗の実が二つ並びじゃないと実らない、かみなり落ちない、雨降りそそぐ音もしない、男も女も縁付かない、ないないづくしの七不思議、さてもみちのく諸国めぐり歩けば、不思議なことがないじゃなし、縁ほど妙なものもなし、こうしてここで出会ったならば、思いは歌で交わせばいいじゃない、大人も子どもも知らぬ者ない、戯れ歌遊びで一緒に笑うもいいじゃない、ほら、ドラえもんには耳がない、クレヨンしんちゃんパンツはかない……、

とまあ、こんな具合に、陸前高田で出会ったあの人たちや子どもらと一緒にポカスカチ

ャカスカ小さな木魚を叩きながら、阿呆多羅経「ないない尽くし」で歌い踊ってみようと日本一の美人若手浪曲師玉川某と企んで、ならば、そこに集う人々の名前も歌のなかに明るく元気に詠みこんでみようかと思いついた、ところが……、
あんなに沢山の方々が亡くなったというのに、生きているわたしたちの名前が呼ばわれ歌われるのはまだ早すぎる。きっぱりとあの人たちがそう言うのです。（さよならさよならと水の中に消えていったあの方々の名前を真っ先に呼ばわらずには、わたしたちは生きた心地がしない、この街は生きなおせない）。
今はまだ、あのとき自分が見たこと聞いたことすら、わたしたちはろくろく語ることができません、語ればその言葉で胸がえぐられる。あの人たちがそう呟くのです。（語れと言うなら、百年、二百年、五百年、千年待ってください）。
あの人たちの声、あの人たちの沈黙に、私の胸のうちも生きた心地もなくざわめいて、語れぬ今を生きる人々の痛みがぎりぎりと刺し込んできて、いよいよ言葉もなく、あ……、でも……、今ここには、きっと、歳月を経て語りだされた百年前、二百年前、五百年前、千年前のあの人たちの声があるんだろう。（ああ、そうだよ。あんたに、この土地のむかしむかしを語ってやろうか）、耳を澄ませば、そんな声が、（何むかしがよかろうか）、ほら、こんな声も、（そうだな、『大工と鬼六』でも語ろうか）。

――それでは語り申そう。むかしむかし、どっとむかしの大むかし、たいそう流れのはやい川があったと。あんまり流れがはやいので、いくら橋をかけても、かけるたんびにおし流される。なじょしたら、この川に橋がかけられるべ。村の人らは額を集めて相談して、このあたりで一番の大工に頼んだ。よしきた、大工はすぐに引き受けて、川辺に立って、こわいように走る水をじっと見つめた。すると水の中から大きな泡がブクブク浮かんで大きな鬼がブックリ顔出し、そこで何を考えておりゃ、と聞く。うん、おら、ここになじょにしてもがんじょうな橋をかけたいと思ってな。大工が答える。鬼はあきれ顔で、いくら上手な大工でも、ここさ橋はかけられまい、だどもその目ん玉よこすなら、おらが代わって橋をかけてやってもよかんべ。その日から鬼はどんどん橋を作って、さあ、目ん玉ァよこせ、やい。慌てる大工に、目ん玉よこすのがいやか、そんならおれの名前をあててみろ、そう鬼が言った……。

お話はここでぶっつり途切れ、(話のつづきはあんた次第だ)、問いが残される。繰り返し橋を流され、命を流され、名前を流され、(あんたには見えぬものを見る目があるか?)、繰り返し名前を呼ばわり、橋をつなぎ、命をつなぎなおしてきたこの土地で、(役立たずの目など鬼にやれ)、そもそも鬼って?

(あんたたちが見ない聞かない名前も忘れたすべてのものたちのことさ)

そう、だから、歌をおくるならば、目には見えずともそこにいるすべての鬼に、耳には聞こえずともすべての声に、すべての名前に、確かな心で、さあ、歌をおくろう。

28 うたのおくりもの　その三

あの人たちにうたをおくろうと、横浜から東北に向かって、走りだしました。厳しい冬が足元から這いのぼってくるひどく寒い日でした。

これより南、蝦夷は来る勿れ！　遠い昔にこの国の中心の人々がそう念じて作ったと伝えられる、今は地名だけが残る「勿来《なこそ》の関」を北に向かって越え、（でも、中心って、なんだかねぇ）、明治の世にやはり中心に立つ者たちに、白河以北一山百文、と言い放たれた白河を越え、北へ北へ東北へ、（われらの生きる所、そのどこもが、東西南北どこであれ、中心のはず）、途中三十八度線も越え、明らかな植民地の記憶もひそかな植民地の記憶も、（あの日凄まじく揺さぶられてわかったこと。どうやら「東北」はいままでずっと「中心」の植民地だったらしい）、列島の三十八度線以北の飢饉の記憶も半島の三十八度線以北の飢饉の記憶も、つまりは見えてることと見えなくなってることとを三十八度線で結びなおしながら、そうやってこの世を編みなおそうとしながら、海辺の町の、あの日かろうじて津波にのまれなかった山側の、高台の、あの人たちが集うあの場所に、うたをおくりに、私と仲間たちはやってきたのでした。

でもね、ごめんなさい。こうして私は語りだしているというのに、あの人たちの名前も、あの人たちの場所も、あの人たちの言葉も、まだはっきりと語り伝えることができない。それはまだ早い、もう少し待って、あと十年、もう二十年、いや百年……、沢山の死をその身に宿らせてしまったあの人たちの震える沈黙がそう言っているのです。わが身のうちの沢山の死のひとつひとつの名前を静かな心で呼び終えるまで待ってほしいと。

待つこともまた祈り。待つことで紡がれる確かなつながりがある。つながって、初めて、真に呼び交わす言葉があり名前がある。だから待ちましょう、待ってくださいね。待つことが祈りなら、歌うことも祈り、だから静かな心で待って生きなおしてつながりなおすために、歌いましょう。

ここに花も持ってきました。九州の花農家の友から託された黄色いパンジー。雪に埋もれる厳しい冬の間に大地にしっかり根づいて、春にふたたび咲きほころぶ花。下向くつぼみのたたずまいが、人が頭を垂れて物思う姿にも似ているから、花言葉は「私を思ってください」。じっと思う、静かに祈る、花、そして人。

本も持ってきました。言葉は生きる力。あの人たちと交わす言葉をいますぐ見つけられなくとも、祈りを込めた言葉の束を、花を植えるように、あの人たちの傍らにそっと置くことはできる。〈わたし〉たちと〈あの人〉たちの間のその空白に、本。いつかつながる日のために。

そして私たちは歌いました。大きな声で、体まるごと弾ませて、ほら、こんなふうに。どんなたいへんなことが起きたって、きみの足のその下には、とてもとても丈夫なバネがついてるんだぜ、（これ、「おかあさんといっしょ」で歌われているうたなんですよ）、ぼよよよんと空へ、とびあがってみよう、（そう、「こども」のうた）、ぼよよよんと、高くとびこえていこう、（なにより、「いのち」のうた）。

目の前には、あの日あの人たちが守りぬいた沢山の子どもたちがいました。そのなかには、まだ歩きはじめて間もない子らもいて、その子らも大きな子らも膝小僧に力をためて、うたに合わせて、ぼよよよん、飛ぶ、跳ねる。うたの芯のところに脈打つ祈りに、体まるごと弾ませて応える。

あの人たちは、あの日津波に追われて、子どもらを抱いて守って走って走らせて、水が町も言葉も名前も何もかも押し流したそのあとに、今もこれからも守るべき「いのち」そのものがそこにあることを、守れなかった「いのち」があったことを、むごいほどに、痛いほどに知ったのだと、途切れ、途切れに、言いました。

私たちはひたすら歌いました。生けるもの死せるものすべての名前を想いながら、いのち、いのちと心の中で呼ばわりながら。

29　柏崎へ　見えない道　その一

南へ北へ、いろんな線に縛られたり振りほどいたりつながったり、西へ東へ、呼ばわったり石に寄り添ったり石になったり、一歩、一歩、この旅もおわりに近づいて、だからそろそろ戻らなくちゃ、柏崎へ、私の記憶の最初の空白の地、予感を宿した空白、カシワザキへ、だって旅はいつもおわりを越えて、はじまりへと向かうものだから……。

さあ行こうか。

真冬の白く震える陸前高田をあとにしました。みちのくの厳しく深い山道を抜けて一ノ関、南に下って杜の都仙台、そしてその先には福島。心に思い描くは、まだ見ぬ福島・中通りの風景。というのも、近頃、旅ゆくにつれ、どうにも福島が気になって、ふくしま、フクシマと唱えるように呟いていた私に、旅仲間の女浪曲師が福島の風景を歌い語ってくれたことがあり、女浪曲師の言うことには——、あのね、福島二本松生まれの大先輩の名浪曲師がいるのよ、その名人がある演目で、深々と故郷への想いを込めて、福島の中通りをゆく旅道中の情景を語るこんなくだり、あたしはちょいと端折って語るけど、まあ聴いてごらんよ。

「北風寒く福島の　信夫三山伏し拝み　左を見ればみちのくの　名所黒塚観世寺　右に見あげる名城は　その高十万と七百石　丹羽様城下の二本松　清く流れる阿武隈川　右にかすんだ安達太良山　夏も涼しき郡山　牡丹で知られた須賀川や　心を照らす鏡石　あたしゃなんにも白河の……」

なるほど、なんとも耳に心地よい、ころころとよく使いこまれた言葉たち。でもね、なにかが心に滞る。フクシマと呟くたびによぎる影がある。おずおずと思うのは、この言葉この情景を、一年前の三月のあの日からあとも、無邪気に風のように水のように見たり感じたり語ったり聞いたりできるのかということ。とりわけ、突然に故郷を追われた福島の海辺の町や村のあの人々は……。

私たち、なんだか、使う言葉は同じでも、三月のあの日を境に、同じなのは見かけばかりで、目には見えぬ大事なところがすっかり変わってしまった世界に生きているようなのです。知らぬ間にたっぷり降り注いだ放射線が、瞬く間にこの世界の言葉の遺伝子をずたずたに引きちぎってしまって、私たちのなんでもない普通の、普通だからこそ生きていくにはかけがえのない言葉のどれもが芯のところで折れて砕けて再生不能、そんな空恐ろしい感覚が時が経つほどに体の芯からじりじり滲み出してくるのです。それでも私たちは生きる、壊れた言葉を抱きしめてでも人は生きる、そう思うと哀しいような愛しいような切ない心になるのです。

今度柏崎に行くならば福島から、と思っていました。柏崎と福島は目には見えぬ北緯三十七度二十五分線で結ばれている。福島第一原発も柏崎刈羽原発も三十七度二十五分線上にぐらぐらと在る。この線を不器用になぞるように、福島浜通りから中通り、そして会津を経て新潟へとつながる現実の道がある。

そう、この道を、去年の三月、沢山の人々が、福島から新潟へと、柏崎へと、向かいましたね。ガソリンがなくて、沢山の人々が県境の手前で車ごと道端にうずくまっていましたね。

と、これは昨秋、旅の途中に立ち寄った柏崎である女性と交わした会話で、その女《ひと》は十数年前に生まれ育った福島浜通りから柏崎に移り住んだという。そしてあの三月、故郷の一族親類縁者がいきなり流民になってしまって、彼らに何より真っ先に欲しいと頼まれたガソリンを、一斗缶六個に満タンに詰めて、車に積んで、福島まで運んだ。ガソリンが揺れて気化して爆発したならおおごと、だから夜通し時速三十キロで三十七度二十五分線上をそろそろと。

ええ、わかってますよ、そんな危ないことは法に反するって。でも生きるのに必要なんですもん、命がけですもん、とその女。うん、そう、この道は昔からそういう道、と私。かつて、この道は、加賀越中越後から相馬へと数多の人々が生きるために闇をくぐり抜けた道でした。そして今、それは、生きたい私に生きることを心底問う道でもあるのです。

30　柏崎へ　見えない道　その二

北緯三十七度二十五分線。福島と柏崎を結ぶ見えない道。震災一週間後にその道を命がけで走って、柏崎から福島へとガソリンを運んだあの女《ひと》がきっぱりと言うことには、「私は原発とともに生きてきた女です」。

福島のチベット、浜通りに生まれた。チベットに夢とともに原発がやってきた。「原発」という仕組みの中で町ぐるみ家族ぐるみ生かされ、生きてきた。やがて「原発」が取り結ぶ縁で柏崎に移り住む。そしてその柏崎に、思いもよらぬことに、壊れた「原発」に追われた一族を呼び寄せることにもなった。

「原発」と苦楽をともに生きてきたその女に、私はおずおずとひそかな声で、「私は無邪気なアトムの子です」。物心がついたときからずっと、鉄腕アトムは十万馬力で当たり前に私の空を飛んでいます。そして今さらながらアトムの子が思うには、私もあなたも原発の女も誰もかれもコメ食う人々。われらは、人間が営々と作り上げてきた「世の中」という仕組みの中で、コメという「命の糧」をめぐって、縛られたり追われたり流されたり逃げ出したり。そんなコメ食う人々の、食っては消えてなくなるコメをめぐる真っ白な記憶を、一粒一粒拾いなおしてゆけば、大切な何かをつくづく思い出せるような気もするのです。

たとえば、一七八〇年代の天明の大飢饉の後のこと、加賀越中越後から相馬藩領へと、三十七度二十五分の線を伝うように、命がけで移り住んだ人々がいた。相馬といえば、ちょうど福島第一原発の半径二十キロ圏内にすっぽり収まるあたり、天明の頃には人口激減、田畑も荒れ果て、困った相馬藩は復興のためによその藩の農民を相馬に呼び込もうと考えた。とはいえ、大飢饉のあとの日本全国が苦しい時代です。どの藩も農民を手放したくはない。だから移住も命がけになる。この必死の移住を支えたのが、北陸から相馬にやって来ていた浄土真宗の布教僧でした。彼らは北陸の真宗門徒に移住を勧めた。相馬に行けば家も土地も手に入るぞ、米の飯が食えるぞ、冬でも菜の花が咲いているぞと、夢の言葉。相馬相馬と木萱《きかや》もなびく、なびく木萱に花が咲く、と民謡「相馬二遍返し」、夢の歌。誘われて千八百戸、数千人、その多くは故郷との縁を断ち、闇にまぎれて、南無阿弥陀仏の名号と明日への祈りと夢を旅の杖に、越後から会津を抜けて相馬までやってきました。いま福島第一原発二十キロ圏内にある真宗の寺の多くは、この旅人たちの異郷での生のよりどころとして開かれたもの。あの原発の女の一族もまた真宗門徒、祈りを胸に異郷で代を重ねた命がけの一族です。でも、一族の記憶帳たる過去帳は立入禁止区域内の寺に置かれて、取りにも行けず……。

あるいは、日本の食糧基地たる植民地朝鮮に、米を作れ、もっと作れ！　号令が響きわたったのは、一九一八年の米騒動のあとのこと。水田経営の資力を持たぬ朝鮮の貧農は土地を失い、コメゆえに故郷を追われ、コメを求めて旅に出る。日本でなら食っていけるかもしれない。私というアトムの子もまた、そんな夢を見て海を渡った者たちの子孫です。でも、コメゆえの必死の漂流の記憶の多くは行方知れず、私のもとにはない。

もしくは、一九二六年、のちに水俣病を引き起こす日本窒素肥料会社が、朝鮮で水力発電開発に着手。一九二七年、米増産の支えの朝鮮窒素肥料会社設立。一九二九年、朝鮮の興南に化学コンビナート建設。

人はコメを食う。コメは肥料を食う。化学肥料工業は電気を食う。電気は水を食う、火を食う、ウランを食う。人類の知恵と夢と祈りと欲をつなぎ目に組み立てられた、近代的な世の仕組みの一端、まことに文明的な食物連鎖です。そしてわれらは科学と文明の発展とともに、ますますコメを食う、電気を食う、命がけも無邪気も誰も彼も分け隔てなく、食うほどに深く繋がれていくわれらの食物連鎖、その最後の最後に食われるのは……。

さあ、コメ粒の記憶を拾って、つなげて、思い出さなくちゃ、考えなくちゃ。三十七度線二十五分線上の問い。

31　柏崎へ　見えない道　その三

ひどく臭うんだそうです、人の住まなくなった家は。水が流れない下水から立ちのぼる臭いが、神隠しのように人間だけが消えた家に住みつくのだそうです。人の名残の臭いだけが、放射線ゆえに人知の外に置かれた空っぽの街に。それは二〇一一年の十月に空っぽの街につかのま帰った人から聞いた話。今も空っぽの家々は人の臭いを残しているのでしょうか。

二〇一二年二月半ば、福島第一原発二十キロ圏内ギリギリ、立入禁止封鎖線まで、広野町をうろうろと歩きました。列島を横切る三十七度二十五分線の東端に立ち、そこから柏崎を目指そうと。でもね、ただ散歩するだけで妙に目立ってしまって。ヘルメットに作業服姿の人たちが地元の観光バスに詰め込まれて封鎖線の内外を行き来する、そんな境界上の町をぎこちなく居心地悪く歩いて、道端の草むらに小さな白い綿の花がぽやぽや咲いているのを見つけて心和み、思い出したように線量計を向けて一マイクロシーベルトという数字を見るのでした。

厳重な立入禁止封鎖線を前にふっと浮かびくる言葉ひとつ。「いかにもこの都市は中心をもっている。だが、その中心は空虚である」、これはフランスの思想家が東京を語った言葉だけど、私には封鎖線の先に広がる空虚が、自分が今まさに生きている世界の中心にも感じられて、(そこはとても人間臭い空虚、見事に空っぽな中心)、ああ、この世界は何よりも語られるべき本当に大事な芯の部分がいつも空白なんだな、私の心の底の一番大事なところは言葉にならないように、痛み哀しみ苦しみは沈黙の石になるほかないように、言葉はいつもその内側から崩れ落ちて意味を失くしていくように、私の真ん中、人間の真ん中、言葉の真ん中、世界の真ん中はいつもカラッポなんだな、ねえ、このカラッポを何で満たしたらいい？　そんな呟きがからからと心の中をめぐるのです。

つくづく想い起こすのは水俣。(かつて私は水俣に身を浸すように通い、人間とは近代という仕組みにのまれたなら、近代という夢が孕む毒にじわじわやられて見事にバラバラにされるのだと、痛切に知りました。なのに……)。今さらながら、福島の封鎖線の向こうのカラッポに、私は水俣の赤いじゅうたんの幻を見ていたのです。

昭和六年、熊本で陸軍大演習が行われたそのときに、水俣駅から駅正面の日本窒素の工場正門へと大元帥天皇陛下をお迎えするために赤じゅうたんが敷かれた。そこは大日本のコメ増産の要の化学肥料工場、植民地に雄飛して化学コンビナートで肥料だけでなく火薬も作るという、国民総動員総力戦前夜の日本の化学工業のきらめく星、新興財閥。

さかのぼれば、海辺の寒村水俣に工場がやってきたのは明治の末のこと。工場とともにやってきた近代の世は、村を素敵に猥雑な町に変え、工場が吐き出す煙は文明の香気を放ち、会社は町に君臨、社員は憧れの的、その一方、人に入り混じって生きていた村の狐たちはいつしか姿を消し、(水俣の狐が木の葉のお金を船頭に渡して、文明の水俣から早々と船出したのは知る人ぞ知る)、やがてその海には目には見えぬ水銀が垂れ流され……。

昭和二十四年、ふたたび天皇は水俣を訪れています。戦後日本は植民地を失った分をも取り戻すべく食糧増産、肥料増産、電力増産、またもや総力戦。つまりは、水俣も福島も柏崎もどこもかしこもコメ食う民の生きるこの列島自体が三十七度二十五分線の上、コメ食うわれらはみな同じ線の上のムジナ。夢を見ては夢にのまれ、繰り返し夢に毒され、その記憶も夢にのまれてのっぺらぼうに、気がつけばいつも同じ線の上でぐるぐると。

ムジナは水俣の狐のようには船出しません。きれぎれの記憶の線上で、わが生を脅かす恐ろしいことには目も耳も閉ざし、取り返しのつかぬその日まで、夢の食物連鎖が終わるそのときまで、予感を殺して生きてゆく。ええ、予感です。「反」とか「脱」とか「親」とかいう接頭辞のついた言葉には収まりきらない、人間の命の芯のところに潜んでいるはずの生きる力、予感。

ねえ、わたしたち、まだ取り返しはつく?

32　贈ることば

　さてさて、コメ食う民を一蓮托生縛ってつなぐ北緯三十七度二十五分線をたどって福島から柏崎へと向かうつもりが、ごめんなさい、陸前高田に呼び戻されて、一年前の三月十一日にこの地の生と死をくっきりと分けた北緯三十九度線上で、私は穴を掘っている。全長百七十キロの陸前高田の津波到達ラインのほんの一点、米崎町地竹沢で、スコップを手に、ざっくざっくと。

　津波の前は果樹園だったという山ぎわのこの場所は、冬にはきっと赤いリンゴがたわわに実っていたことでしょう。でも今は雑草生い茂る空き地。リンゴもリンゴを育てていた人も流されて、ぽっかりと何事もなかったような空白。私はここに穴を掘って桜の苗木を植える。これからたくさんの人々が、百七十キロの津波到達ラインに、一万七千本の桜を植えてゆく。千年前の津波の記憶を失くしていたその土地に、千年先まで延びてゆく、かけがえのない桜色の記憶のラインを作ってゆく、のだけど……、穴掘る私の心がざわざわと騒いで、鎮まらないのです。

命の芯へと届くまで、掘って掘って掘りつづけなくちゃ、空白の芯のところにたどり着くまで掘らなくちゃ、だって記憶だけでは足りない、人間の空白だらけの記憶だけでは、この世を千年先まで生き抜くにはとても足りない、目にも鮮やかな「記憶のライン」ともう一つ、見えない聞こえない言葉にならないわれらの「空白」のラインを作らなくちゃ、捨て置かれている「空白」の芯のところで息も絶え絶えの「予感」に息を吹き込まなくちゃ、不穏に息づく予感は、五百年先、千年先、十万年先まで、人間が災禍を越えて言葉を越えて安住を越えて生き抜いていくための力なのだから、さあ、空白をつないで、春になれば、満開の桜の下に、はらはらと、ひたひたと、予感……。

不穏な心で穴を掘れば、がつんとスコップに石が当たる、がつん、がつんと胸打つ声がある。それは、二千年以上も前に人間を滅びの運命から救おうとしたひとりの男が発した声。「われ汝らに告ぐ、此のともがら黙さば、石叫ぶべし」。石、石、沈黙の石、穴の中から転がり出てくる沈黙に私はじっと耳を傾ける。

どうやら空き地に穴を掘る私は自分の心の底を掘り返しているようなのです。私もようよう骨の髄までわかってきたようなのです。私の命の芯のざわめく空白、予感、沈黙の石。この空白を、予感を、沈黙を、慈んで、抱きしめて、私とあなたとすべての命は脈々とつながっていくのだと。

わたしたちはこの世界のかけがえのない一個の石です。

三・一一の後のこの一年、私は生きるということを全身で考えました。誰もがそうであるように、はじまりの記憶はない、出発点は空白でしかないわが旅の人生を私はつくづく振り返りました。空白だらけの記憶を残して逝った父を想い、三十八度線に断ち切られ縛られ宙づりにされて生きてきた半島や列島の無数の父や母やわが蝦夷たちを想いました。三十七度二十五分線上で連鎖する運命に途方に暮れ、三十九度線上で予感と沈黙を抱きしめました。

ねえ、わたしたち、まだ取り返しはつく？

そうね、きっとまだ間に合うはず。そもそも人間とはその存在自体が取り返しのつかないもの、取り返しのつかなさを生きるほかないものだから。それは、かつて三十八度線をたどるうちに済州島に行き着いた私に、この島に屹立する五百の沈黙の巨石が身をもって教えてくれたこと。

この世のはじめ、この島を創った母なる神は、五百人の飢える息子の命をつなぐために釜でわが身をとろり煮込みました。息子たちはそうと知らずに母を喰らい、気づいた瞬間、身をよじり悲しみ叫んで石になる。人と命とこの世の秘密を永遠に問うてやまぬ沈黙の石になる。

わたしたちは取り返しのつかぬこの世の無力な一個の石です。

無力ゆえに永遠に問いを生きる石、予感を孕み、命を孕み、はじまりを孕む石。無力でかけがえのない私の石たち、そして私。さあ、問え、孕め、生きなおせ、幾度でも。私から、わたしたちへ、贈る言葉。

わたしはひとりの修羅なのだ。

時が流れる、こんなにも痛ましく流れる、いや、痛ましいのは時ではなく、時の流れに馴れゆく私なのだ、時の流れに漠然と包み込まれてゆく人間なのだと、東京・三河島で体ごと心ごと揺さぶられたあの日から四年が経とうとするいま、苦く恥じいる心で、この頁に言葉を書きつける私がいます。

この痛ましさは、流される年月の間に知らず知らず身に沁み込ませてしまったこの世の感情たちから漂いだすものでもあるようなのです。空白に耳を澄ませてこの世をゆく、その耳に入り込んでくるすべての声の純粋無垢、真実一路を信じるほどに無邪気ではないけれど、見えない聞こえない何かにわが身を開いてゆくときの危うさについては用心が足りなかったのかもしれない、ふっとそんなことも思います。あるいは、私は自分の弱さをとことん知ることがなかったのかもしれないとも。

静かな呪詛です。

気がつけば、ひそかに、燎原の火のように、しんしんとこの世に広がりゆく見えない呪詛の声に私の心は痺れてしまっているようなのでした。

人間とはそもそもがとりかえしがつかない生きものなのだと思いきったそのうえで、そのとりかえしのつかない空白の場所から、空白を伝って、脈々つながる命を想う心は、やがてなしくずしにぐらぐらと覚悟もなく惑う心にすり替わって、誰かのせい、何かのせいで、もうとりかえしはつかないのだと命を閉ざす心へと傾いてゆく。

その傾きに抗う心もまた傾いて、その傾きにも馴れてゆく、そのぎりぎりの場所で、しかしながら、ふっと耳を打たれる瞬間もある。

踏みとどまれ。

これもまた、ぎりぎりとこの頁に深く刻みつける声。

三月のあの日からずっと、ひそかな心臓の鼓動のようにじんじんと傾く心に響く声があるのです。「春と修羅」。いかりのにがさまた青さ、四月の気層のひかりの底を、唾し、はぎしりゆききする、おれはひとりの修羅なのだ、（踏みとどまれ）、まことのことばはうしなはれ、雲はちぎれてそらをとぶ、ああかがやきの四月の底を、はぎしり燃えてゆききする、おれはひとりの修羅なのだ、（踏みとどまれ）、まことのことばはここになく 修羅のなみだはつちにふる、（踏みとどまれ）、そうだ、修羅だ、私は馴れる心を騒がせる、傾く心を逆立てる、修羅なのだ、わたしはひとりの修羅なのだ。

二〇一四年の秋のことでした。生き惑う修羅の私は、修羅のくせに、なんだか十四年前に亡くなった父に甘えたような頼りたいような、そろそろ父も何か言ってくれるような気持ちになって、父の言葉を聞こうと小さな旅に出た。めざしたのは津軽です。あまりにありきたりだから、言うのもかなり恥ずかしいことなのだけど、イタコに会いに行ったのです。そんなことを思い立ったのも、三月のあの日のあと、声もなく津波にのまれていった大切な人の言葉を聞きに東北の海辺からたくさんの人々がイタコを訪ねたという風の噂を伝え聞いていたからかもしれません。まことのことばはここになく、この世のあわい、この世の空白を風のように吹き抜けるものだから、それでも確かに生きていきたい私は、つかみがたくとどめがたい風のことばを追いかける。

イタコをとおして父に会いました。わざわざ津軽まで会いにいったというのに、父は何も語ろうとしませんでした。思えば、父とはそういうものだということは、先刻承知のことでした。いや、でも、このときは、ただ一言、戒めの言葉があった。

修羅のおまえの口は荒い口だから、まことのことばに飢えたその口は、ときに荒れて人をも殺す、心せよ、心せよ、心せよ……。

そうだ、この言葉もこの頁に刻みつけておこう。

時は流れる、痛ましく流されていく、私は痛みも惑いも大切な人を愛するように抱きしめる、踏みとどまる、まことのことばに想いを馳せる、いまひとたび空白のほうへと確かな想いを向ける、父の戒めを噛み締める、踏みとどまる、かつて父を訪ねたもうひとつの旅、とりかえしのつかないことこそがはじまりである、あの大切な空白への旅の道のりをいまいちど呼び戻す。

そう、あの頃、私は、二〇一一年の三月のあの日よりも前に、あの日を境にあらわになった人と人の世をめぐるすべてのことはすでに私たちのもとにあったのだと語りかける声を聞いていたはずなのでした。

済州島オルレ巡礼　空白のほうへ

写真：姜信子

1　父を蹴る

済州島には船でゆく。あの火山島には海を渡ってゆく。

二〇一〇年、夏。

かつて父が物心もつかぬうちに、生まれた地の水も風も身にしみこまぬうちに、釜山から関釜連絡船に乗って海を渡って日本にやってきたときのように。

（父は、そのはじまりを知らずに人生の旅に出た）

かつて、父と同じ時代に生まれた「父」たちが、〈君が代丸〉といういかにも戦前らしい名前の船に乗って、国境線のなかった半島と列島との間の海を越え、済州島と大阪を行き交ったように。

やがて国境線の引かれた海を「父」たちが、闇にまぎれて、航跡を消しながら、ぎりぎりと記憶をかみ殺しながら、島から列島へと紛れ込んでいったように。

（「父」たちは、旅の行方を知らなかった）

私もいま、闇にまぎれて、釜山から済州島へと渡る。夕刻の沿岸旅客ターミナル待合室の出航予定の船便を告げる電光掲示板には、「ペレストロイカ号」「デモクラシー号」。よくもまあ、臆面もなく船にこんな名前を……、これもゆきすぎた時代の影などと、やや滑稽なことを思う間もなく目の前のペアルックの新婚らしき二人が見つめ合ってウフフ、気恥ずかしい笑顔に気をとられ、さて私が乗る船の名は……、見た瞬間に忘れてしまうほどに小洒落た名前でした。忘れてちょうどいい、名づけようもない闇の中には、名も無き船で。

十九時出航、済州島へと、暮れゆく海上を見つめながら、私は私の記憶にはない新潟・柏崎の沖のくらぐらとした海を想い起こしていました。

あの頃、一九六〇年来初め、大学卒業後、国籍ゆえに就職もならず、手伝っていた家業も傾いて、妻と三人の幼い子供を抱えた三十一歳の父は、住み慣れた横浜を離れて、なぜか縁もゆかりもない柏崎でパチンコ店をやっていた。そして、夏のある日、ふと思い立って船を借りて、子どもらを乗せて、父は日本海へと乗り出す。一歳にもなっていなかった私もその海を見たはず、それが私の最初の航海だったはず、あのとき父はのどかに波に揺

釜山港 の電光掲示板

られていたのだろうか、新潟から北へと向かう帰国船を思って心が揺らめいていたのではなかろうか、そんなことがひりひりと、いや、ずきずきと、痛むのは、足。

父の生前、記憶しているだけでも二回、私は思い切り父を蹴り倒しているのである。

足が痛めば、私のものではない遠い記憶が疼く。

「学内の親しい友人達は、折からの北朝鮮帰国運動に共鳴し、祖国の為に自己の能力を傾け奉仕すると言って、新潟港より帰国した」

これは十年前に亡くなった父が遺書代わりに書き置いた回想録の一節、思春期の娘に「在日」であることを問われて以来二十年余り、ずっと口ごもってきた父の、死を直前にした精一杯の応答の声のひとかけ、政治的にも経済的にも左右上下東西南北、宙吊りのまま揺さぶられつづけ、きっぱり答えを出した友人たちにも、答えを出せぬ自分にも「違和感」を抱いて生きてきたと、ただそれだけを告げる言葉すら見つけかねていた歳月……。

ええ、私が父を最初に蹴り倒したのは三十年ほども前、民族と国家、韓国と日本の間で途方に暮れていた大学生の頃です。何を問うてもうやむや言葉を濁す父にせっかちな娘は苛立ち、日常のささいなことから口論となり、父に殴られると思った瞬間、見事に父を蹴っていた。それから父と娘が言葉を交わすことはほとんどなくなり、そのうち娘はもう一度、われ知らず、父をしたたかに蹴る。『ごく普通の在日韓国人』という本を書くことで。二十四年前、「韓国人でもない、日本人でもない、在日韓国人という新しい存在」と自分自身の出発点をきっぱり軽々と語りだした娘は、物言わぬじれったい父の記憶を一切切り捨てていました。

やがて、娘は旅に出た。歴史の中にその居場所を書き込まれることもなく、ひそかな記憶とともに異郷に生きる人々を訪ねて、島から島へ、民族にも国家にもナニモノにものまれぬ生き方を求め、答えを探して。

でもねぇ、自分の足で歩いてみれば、だんだんわかる、出会いを重ねていけば、じりじりと感じる。人が人に語りうる記憶の、その芯のところには、どうしても語りえない、どうしようもない空白がある、埋めようのない、消すに消せない、生きる痛みに疼く空白、みずからの生にとりつく「違和感」に口ごもりつづけた父のあの空白、空白、かけがえのない空白、生き抜く者たちの証。

そう、私は父の記憶を聞いていない、私は父の空白を切り捨てた、口ごもる「父」たちの記憶も空白も蹴り倒してきた。二十四年かかりました、そのことに気づくまで。

もう取り返しはつかないのかなあ、呟きながら「父」たちへと向かう。

だから、済州島には痛む足でゆく。

なぜ、済州島？　それはね……。

2　戒めの「父」

「誰にも心を渡すな」

これは済州島に渡るにあたって、「父A」から受けた戒め。

島では誰にも心を渡すな、そう厳しい声で言うその人の存在ゆえに、私は済州島へと向かうことになったのです。

「父A」は、幼い頃から身近にいた大人のひとり。韓国からの密航者であることはうっすらと聞き知っていたけれど、それ以上のことを知ったのは、ほんの数年前、「父A」に私が、旧ソ連で流転の歳月を生き抜いてきた高麗人と呼ばれる人々から伝え聞いた、痛みに満ちた追放の記憶を話したときのことでした。

「生きることの痛みなど、君にわかるのか？　誰の痛みが誰の痛みより大きいとか小さいとか、比べることができるか?」

「父A」が低く厳しく一言、そして私を刺すように見つめた。そのとき初めて私は、「父A」が、朝鮮半島の南北分断にも深く関わる、済州島四・三事件という国家による島民大量虐殺の現場を辛くも生き延びて、語ろうにも語れぬ記憶を胸に闇船に乗って日本に逃れてきた人だということを知ったのでした。

君に四・三事件のことなど話してもしょうがない、僕が体験したことも僕の痛みも言葉になどできない、そう突き放す「父A」に、亡父の記憶を切り捨てた償いでもするかのように、私は食い下がって通いつめ、君は何をそんなに知りたいの? と根負けしたように、「父A」はぽつぽつと、言葉にできる記憶のかけらを手渡しはじめて……。

そこには到底受け容れがたい裏切りがあったんだよ、韓国という国のはじまりには、南北分断のはじまりには。はじまりには裏切りが隠しこまれているんだよ。済州島で起きたあのことを誰もまっすぐには語れない、痛すぎて、苦しすぎて、恐ろしすぎて、言葉にもならない、はじまりの記憶……、あの頃、李承晩が権力欲しさにアメリカの威を借りて、南北を無残にも分断する単独選挙を企んで、とうとう南側だけの国家を作ってしまったあの頃、済州島ではいったいどれだけの無辜の民が同じ民族の政府の手で殺されたことか、三万人？　五万人？　八万人？　殺された人間の確かな数さえわからない、済州島だけが南側だけの単独選挙を拒んだばかりに、生まれたばかりの南側の国家の不義を島の青年たちがけっして見過ごさなかったばかりに……。

あの頃ね、李承晩は、言いなりにならない済州島はアカの島だと、極右のごろつきどもを島に送り込み、植民地時代そのままの警察をのさばらせて、島の人間たちをなぶって痛めつけて……、それに耐えかねた青年たちが山に入って武器を手に立ち上がった。それが一九四八年四月三日だ。その青年たちのなかには戦前に日本で働いて勉強した者たちも多かった、僕の兄貴もそうだった、兄貴は山に入った。村に残された僕とお母さんは警察に引っ張られた。重い石を抱かされ、叩きのめされて、おい、兄貴はどこに行った？　それはもう本当に酷い拷問だった。おまえはアカではないか、山の連中と内通しているのではないかと。村人同士も疑心暗鬼だ、もしや密告者がいるのではないか、あいつは警察のイヌではないか。誰ひとり信じられない、誰ひとり。そうやってね、たくさんの島の人々が右も左も敵も味方もわからぬままに、自分の国の警察と軍隊に殺された。軍や警察への内通を疑われて山の青年たちに殺される者もいた。殺される恐怖に凍りついて、疑いあって、殺し殺されあった。

僕はまだ十五歳だった。真夜中、村をこっそりと抜け出して、真っ暗闇の険しい山道を登って、山の兄貴に会いに行くんだ。ひもじい兄貴のためにお母さんが作った弁当を手に。兄貴がふっと闇の中から姿を現すんだ、よく来たな、気をつけて村に戻れよ、そして僕は夜が明ける前に山を駆け下りる。真っ暗闇の足元がときおりぶよぶよとする、それはね死体なんだ、僕は真っ暗闇のなかを死体を踏み越えていく……。

やがて兄貴は捕まった。そして朝鮮戦争のさなかに海に沈められて殺された。お母さんは、おまえだけは生き延びろと、拷問でぱんぱんに体が腫れ上がってボロ屑のようになった僕を日本への密航船に乗せた。僕は日本で生き延びた、あのたくさんの死体を踏み越えて……、でも、こんな話をして、君に何がわかる？ わかるまい。僕もすべては話せない。こんな話を聞いて、いったい君はどうしようというの？

済州島では今でも四・三の記憶は語りつくされてはいない。真実は語られた記憶の中にはない。真実は、加害者の語る記憶の中にも、被害者の語る記憶の中にも、ない。そう「父A」は言うのです。だから、誰にも心を渡すな、語られた記憶、語られた痛みにたやすく心を奪われるな、記憶の空白、空白という真実のみを見よと。

語りえぬ記憶を突きつける「父A」という生身の存在そのものが、私にとっては戒めでした。記憶の中にどうしようもなく存在する空白に人間はいかに向き合うのか、空白を抱えていかに生きていくのか、空白という真実にいかに触れるのか……。

空白の島、戒めの島、問いの島、だからこそ行かねばならぬ島。かつて空白を蹴り倒した私の前に、気がつけば、確かに、済州島は姿を現していたのです。

3　イオドと言わずに行きなさい

ほら、済州島が見えてきた。ぐるり三百六十度の闇をくぐり抜けて、夜明けに向かって海を渡ってきた船のへさきの彼方、薄暗がりのなかに湧き上がる黒雲のような火山島の影。その周囲を点、点、点と波に揺れる白光は烏賊釣り漁船の灯り、宇宙からも見えるという目を突く光です。その光の群れるあたり、島影のすぐ手前の海に、不意に天から閃光がぎざぎざと駆け降りた、行く手に光の亀裂、音もなく稲妻、なにやら穏やかではない。所在なくデッキに立つ私が、伝説の桃源郷、この海のどこかにあるというイオドを思っていたからでしょうか。

イヨドハラ　イヨドハラ

イオドの道は彼岸の道
靴下脱いで
あなたの衣に糊づけして火熨斗《ひのし》して
身も焦がれるほど待っているのに
二度と帰ってきはしない

済州島は海女の島、海へと向かう海女たちが歌う唄には、振り払っても消えない影のようにイオドへの思いが沁みいっている。

済州島では、まず海女たちが、半島へ大陸へ列島へと、生きるために海を渡りました。そして、さらに多くの人々が、やはり生きるために、君が代丸に乗って、大阪、東京、日本の都市の底に流れゆき、小さな済州島を形作った。やがて、その小島へと四・三の島から闇船が向かう、もちろん生きるために……。

イオドの門は大門よ
大門の裏には堤があるよ
堤の裏には蓮華の花よ

済州港

蓮華の花の眺めのよさよ
眺め入るなら
もう戻れない

イオドへと渡海していった者は誰ひとり帰ってこない。そこが本当に桃源郷なのかは、だから誰も知らない。桃源郷とは、つまりは、「いま、ここ」の生き難さ、理不尽さが呼び出す、心に射す影にも似た幻なのだろうと、生き難さを乗り越える答を探して「いま、ここ」からの逃亡者のような旅を重ねてきた私は、今つくづくと思うのです。そう、きっと、誰もがイオドという影を心に宿して生きている。

イオド……。そろそろ、もうひとり、私を済州島へと向かわせた、密航者「父B」の話をしなくてはいけません。

父Bは植民地の皇国少年でした。その父Bに、日本の敗戦は絶望的な解放としてやってきた。私が物言わぬ父を蹴り倒していたように、植民地の皇国少年は物言わぬ朝鮮人たる父を蹴り倒していた。解放はそんな自己への気づきを若き日の父Bにもたらした。日本語に思考も感性ものまれていた自分を思い知るという痛切きわまりない解放だった。わが身のうちの空白としての朝鮮、解放後の分断状況のなかで早くも幻となった全き朝鮮、父Bが心に宿したイオドは幻の朝鮮。父Bはイオドめざして、分断に抗して、四・三の島で共産主義をよりどころに闘いに加わり、そして過酷な赤狩りを逃れて日本・大阪へと脱出した。三十八度線の向こうにイオドを見たようにも思ったけれども、やがて、みずからを縛る主義の言葉の頑なな虚《うつ》ろさに、それも幻と知った。

父Bは詩人です。かつて自分をのみこんだ日本語で、日本語を叩きのめすように詩を綴る。イオドを心に宿しながら、イオドを振り払う言葉を吐く。「こともなく誰もがつながり、つながる誰もそこにはいない」と言い捨てるその詩の一節に、「切れて、つながる」と言うその言葉に、私は父Aの「誰にも心は渡すな」という戒めと同じ響きを感じている。

あらためて、「父」たちの戒め。幻は幻のままに、空白は空白のままに、他のナニカと取り違えぬよう、イオドにのまれぬよう、呼ばれぬよう。海を渡る海女たちも歌ったように。

イオドと言えば涙がこぼれる
イオドと言わずに行きなさい

さあ、夜が明けてきた。船はゆっくり済州港へ。烏賊釣り漁船も一艘、二艘、のどかに港へ帰りゆく。右手には赤い灯台の立つ突堤。そこは、若き日の父Bが解放の絶望の底でおのれの内なる空白を痛切に悟った場所なのです。私もいよいよ済州島に降り立ちます。

4　記憶の闇からカタカタと

生きている間は実に脆いのに、死後に一番あとまで残るのは、考古学の本で読んだところによれば、歯。肉体は滅びても、地中で、白く、カタカタとね。

済州港から市内へと向かうタクシーが済州空港を行き過ぎる、その瞬間に心にふっと浮かんだ映像は、ずらり並ぶ土色のしゃれこうべでした。『骨と祈り』という鎮魂の写真集で見た、あのしゃれこうべたち。

空港の滑走路脇の土中から、殺されてひそかに埋められていた四・三事件の犠牲者の遺骨がようやく掘り出されたのは、ほんの三年前、二〇〇七年からのこと、それまでずっと飛行機が飛び立ち降り立つたびに、白い歯がカタカタと軋んで、ここだ、ここだ、ここにも埋められた真っ白な記憶が、と音を立てていたわけで……。発掘された遺品のなかに印鑑が目立つのは、もう殺されるとわかっていたから、自分の証の品を身に携えたのだという。無名、抽象の死の闇に葬られまいとする強烈な意思。

あらためて、済州四・三事件とは?

一九四七年三月一日の警察による発砲事件を起点とし、警察・西北青年団（注：極右団体）による弾圧への抵抗と単選・単政（三十八度線以南だけの単独選挙と国家樹立）への反対を掲げて一九四八年四月三日に南朝鮮労働党済州島支部の武装隊が蜂起して以来、一九五四年九月二十一日に漢拏山禁足区域が全面解放されるまで、済州島で発生した武装隊と討伐隊（軍・警）の武力衝突と討伐隊による鎮圧の過程で数多くの住民が犠牲となった事件

これは、二〇〇〇年一月に公布された四・三特別法によって組織された真相究明委員会による事件の定義。あたりさわりなく、無味乾燥、でも、ここから出発して、ともかくも、真相究明作業によって、およそ三万人、島民の九人にひとりが犠牲となったという数字は見えてきた。犠牲者のうちの約八割が討伐隊による虐殺、一割が武装隊によるものというところまでは明らかになった。二〇〇三年には、虐殺の記憶を力ずくで闇に封じ込めてき

白碑

た国家が、「国家権力による人権蹂躙」という過ちを認めて、時の大統領盧武鉉《ノムヒョン》が済州島民に公式謝罪もした。けれど記憶の闇はまだ深い。だから今も済州島はカタカタと白い歯を鳴らす。生者たちが語る記憶のかけらに、カタカタと、違う、違うだろうと……。

「我々は共産党の暴徒を討伐しただけ。しかも軍隊の言いなりで。虐殺の責任は軍と、李承晩《イスンマン》が送り込んだ西北青年団にある」（当時の警察関係者）、「警察こそが虐殺の原因であり、責任がある。四・三は警察や西北青年団に対する島民の不満に左翼が火をつけた事件だ。軍は現地女性と結婚するほどに信頼を得ていた」（四・三発生当時の連隊長）、「陸地から来た軍人は自分らと違う。済州出身軍人も粛清の恐怖に怯えていた。虐殺の責任は軍参謀にある」（済州島出身軍人）。「確かにわれらも虐殺に関与した、でも李承晩と島の政治的対立に利用されただけ。責任は米軍政下の軍人と警察にある。われらも被害者だ」（西北青年団員）。「我らは共産主義者ではない。警察に追われて山に入った避難民だ。武装隊の指導部が愚昧だった」（武装隊生存者）。「警察は黒犬、軍隊は赤犬、西北青年団は人非人、武装隊はアカ、吸血鬼、恨みつきぬのは死を呼び込んだ隣の密告者……」（被害島民）。

だから、私はまずは地下に横たわる、あの巨大な「歯」を目指していこう、カタカタとね。あの地下には、明かしえぬ記憶、人間の生と死の真実を前に途方に暮れる者たちの精一杯の応答、せめてもの智慧があると、父Aから伝え聞いているから。あの地下、二〇〇八年に開館した済州四・三平和記念館の地階には、未だ語りえぬ四・三、人間どもの記憶の空白を見えない文字で記した「白碑」という名の真っ白な、一本の歯のような碑石が横たえられているのだと。

5　四・三という運命

沖縄の「平和の礎《いしじ》」にも似た、無数の犠牲者の名前が刻まれた石の壁に、ぐるり囲まれて立つ、音もなく、胸が騒ぐ。囲みのずっと奥に立つ巨大な慰霊塔、その裏手に広がる行方不明者の名前が刻まれた主なき墓石の群れの間を歩く、誰もいないのにざわめいている、突き刺すような陽射しの真夏だというのに、汗が冷たい、名前たちに取り囲まれて、途方に暮れる。四・三平和記念館の建つ広大な四・三記念公園とはそんなところ。

「ここに来ようなんて、今まで思いもしなかった」

石の壁を見つめながら、そう言うのは、きのう知り合ったばかりなのに、島に不案内な私のために車を出してくれた四十代の「彼女」。ここに来ることになって、本当に初めて、四・三にまつわる家族の記憶をつくづくと想い起こしたと言うのです。

「いえ、記憶とはちょっと違う、うん、そう、教訓です。『国家のことには関わるな、家族を守れ』というね。つまり、四・三自体がどうこうではなく、四・三で一家の大黒柱たる父親を失った者たちの苦難の人生、それがわが家にとっての四・三だったんです。私の両親はどちらも父のない子でした。母方の祖父は武装隊に殺され、父方の祖父は李《イ》承晩《スンマン》のやり方に反発して、共産主義を信じて、四・三の時に全羅道へと脱出して、朝鮮戦争の時には遂に北に行って行方不明。どっちにしろ、結果的に、二人とも家族を守れなかった。この島の父たちは家族を守れなかったんです」

彼女もその両親と祖父母も、生まれ育った村は海と山の間、四・三の犠牲者がもっとも多かった中山間と呼ばれる地域のなかにある。中山間の住民は、海側に根拠地を持つ討伐隊と山に根拠地を持つ武装隊のどちらからも敵ではないかと疑われ、そして疑わしきは殺された。武装隊に殺されたなら「国家のための死」、討伐隊に殺されたなら、殺されたこと自体が罪の証、無条件にアカの暴徒とされる。残された家族は封建時代かと見紛うような連坐制ゆえに公的な仕事には一切就けない。それが一九八一年まで。

「ええ、私の父も就職はままなりませんでした。北に行ったアカの息子ですから。だから、わが家は細々と農業を営んで、なんとか生計を立てて。そんなんだから、父は社会的に認

済州４・３平和記念公園

められようとセマウル運動に一生懸命になってね」

セマウル運動、一九七〇年代に国家主導で韓国の農村風景をローラーにかけるように、画一的に近代的に作りかえていった「新しい村」運動、だけれども、

「わが家は相変わらず貧しい、一九八〇年代半ばまで、昔ながらのお手洗い。ぼっちゃんと落せば、豚が口をあけて待ち受けているアレね、あの頃私は早く家を出たくてねぇ」

彼女の家では、四・三とは、何を言ったところでどうしようもない運命、あるいは諦念という感情として家族の間を漂うものでした。もちろん、法事の場で、おじいさんは四・三で亡くなった、と語られることはある、でも、ただそれだけで終わる。

「私は学校で教えられることに素直に従う子でね、本当に愛国少女でした。軍事教練もそりゃ一生懸命で、包帯の巻き方なんて凄まじくうまい、立派な従軍看護婦になれます。でも、学校では教えない四・三のことなんか、知識もなければ関心もなかった」

石の壁に刻まれた名前を目で追っていた彼女が不意に、あぁ、小さな溜息。目を射たのは、母方の祖父の名前と死亡時の年齢でした。たったの二十一歳じゃない、白髪白い髭の老人じゃなかったのね、そうよね、考えてみれば当然よね……、彼女が呟く、私の息子とさして変わらない……。

この瞬間、一家の不幸の源でしかなかった見知らぬ祖父の死が、血も肉もある生身の痛みとなって彼女の生身とつながった。残された者の苦難の生の前には、逝かざるをえなかった者の無念の死、運命にも諦めにも収まらない無言の記憶が彼女の心にじわりと沁み入って、「動揺しています」、そう彼女が言えば、ひそかな記憶の不意打ちに私の心も揺れたのでした。

6　済州オルレ、巡礼の道

巡礼に出たいとかねがね思っていました。この道はまるで、ヨーロッパ最西端のキリスト教の聖地、サンチャゴ・デ・コンポステーラに向かう巡礼路のようだと、歩きだしたときから感じていました。路傍の木の枝にくくりつけられた青とピンクのリボンを目印に、あるいは済州馬を象《かたど》った青い標識を頼りに道をゆく。チェジュ・オルレ・キル、済州オルレの道という、島に張りめぐらされた全十八路のうちの、第十路。

しかし、これはなかなか苦しい。時には海辺、時には畑のまっただなか、時には山中、灼熱太陽を遮るものはない、五分も歩けば汗みどろ、耐えかねて日よけの上衣を脱げば、あっと言う間に火傷のような日焼け、その道のりを濡れタオルを首に巻いて延々三十キロ、巡礼だもの、これくらい……。

第十路には、日本軍陣地跡があるのです。四・三とも関わりの深い、朝鮮戦争当時の虐殺の地もある。声高に、ここだ！とは叫ばない、さりげなく歩いてたどる記憶の道。

この道を、島の南側の港町モスルポから、まとわりつく潮風のなかを歩きだしました。おお、若者たちも帽子、長袖シャツ、運動靴の完全装備で元気に先をゆく。オルレの道は、三年前に、島のひとりの女性によって切り拓かれた済州再発見の道、今では韓国全土からこの道めざして多くの人々がやってくるのです。

「オルレ」とはそもそもは済州島方言で、村の通りから家々へと入ってゆく「小道」を指します。この火山島には黒い玄武岩がどこにでもごろごろとあるから、小道の両脇はその石を積み上げて作られた石垣。島独特の小道です。あまりに当たり前すぎて、今まで誰も気がつかなかったけれど、世の中の道がどんなに作りかえられ、地図がどんなに描きかえられても、この道だけは変わらない、子宮から産道を潜り抜けてこの世に生まれ落ちるように、人はこの黒くぎざぎざと柔らかな石垣に包まれたオルレを抜けて、小さなわが家から世の中へと出てゆく。人間が未知の世界に向けて最初の一歩を踏み出す、地図にない道、いま目の前にあるモノ・コトによってかき消されている、眼には見えないモノ・コトへと連なる道。歩いて歩いてもう一度生まれなおす道、済州オルレの路とはそんな巡礼の道。

済州オルレの道

しかも、「オルレ」という言葉には、韓国の標準語では、「おいでよ」という意味がある。

おいでよ！　ええ、行きますとも！　自分の足で地図を描いて。

汗したたらせながら、イカ釣り漁船がずらりと並ぶ港をゆく、港のそばの食堂は水槽いっぱいにイカを泳がせている。戦前にはこの海の沖合の漁場に日本の漁船が朝鮮の漁民を追い散らすようにして押し寄せてきたんですって、あのソーセージのマルハ、大洋漁業の前身の「林兼」もこの海でざばざば魚をとって、島の人々に売ったり、対馬経由で日本に運んだり、そのつながりでこの海の海女が対馬に出稼ぎにも行ったんですって……。

海岸沿いの松林を抜けて、目印のリボンを探しながら、畑が一面に広がる山側へと向かう。ほら、遠いあの畑ではこの炎天下に女たちが地べたにはりつくように農作業、なぜ男の姿がないのかと言えば、股にぶら下がるものが邪魔だから、というのは土地の冗談で、島の男は怠け者だからとも、儒教的男性支配原理ゆえとも、男の役割だった力仕事が近代化とともに機械に取って代わられたからとも諸説紛々、大仰な言いようですが、これは通りすがりの巡礼者にとっては、島の村共同体のありように踏み込む文化人類学的難問なのです、共同体のありようとその変容は、当然に、戦前の日本への渡航にも、四・三の生死をかけた人間模様にも、密航という日本への闇の道にも深く関わる。つまりは島から島へ、生き抜いていく人間がどんな地図を描き出すのかという問いにもつらなるわけで……。

農道をトラクターで行き過ぎるおじさんを眺めつつ、ふらふらと思いをめぐらし、ああ、暑さに気が遠くなる。私、木陰で一休みします。

7　生き惑う、道

ひたすら済州オルレの道をゆく。人が生き抜くために歩いてゆく「道」というものを、私はゆらゆらと考えている。

その昔、この島はいたるところに溶岩、火山弾、火山石があるゆえに、道を切り拓くのも容易ではなく、切り拓いても車輪のあるものは通りがたい、物資を運ぶとなれば牛馬頼りだったのだそう。島の風土がおのずと形作る自給自足の暮らしの道。それでも比較的豊かだったのは山側の農村、こちらは儒教道徳を重んじる両班《ヤンバン》（貴族）村で、一方、海側は、儒教の価値観からすれば、女が裸になって海に潜る野蛮な常奴《サンノム》（下層民）村ということになっていたとも。

やがて朝鮮が日本の植民地になり、海辺が日本の漁船・水産業者で賑わい、近代的水産業なる経済が動き出し、大量の水産物を島の外に運び出すための、つまりは日本人を中心に回る経済活動を支えるための島内一周道路が作られた。海辺の村はその経済の底辺に織り込まれていく。古来の風土と折り合った道が地図から消えてゆく。底辺ながらも、海側のほうが山側よりも生きやすくなる、そうなれば両班も常奴もなく、生きるべく、山から海へ向かっての人間の移動が始まる。その先には、海辺と日本をつなぐ君が代丸の航路。この海上の道は、当然に、私にも関わり深い「在日」の道にもつらなります。

私はあやふやとオルレの道をたどって畑のまっただなかへと踏み込んでゆく。はるかに広がる畑のその先に、ぽっかりと巨大な長方形の雑草が原の空き地が見えます。それと言われなければ気がつかない、日本軍のアルトゥル飛行場跡。飛行場脇に日本軍が無造作に残していった給水塔に登って、四方八方睥睨します。カマボコ型飛行機格納庫が当時のまま畑のあちこちに転々と。給水塔のすぐ近くには地下通信基地跡。左手に見える丘の頂上には高射砲陣地、海側の松岳山には、住民に岩肌を刳《く》り貫《ぬ》いて造らせた無数の洞窟陣地、特攻艇基地。あの洞窟の一つで韓流ドラマ「チャングム」の最終回の撮影が行われたんですってね。それもこれも、みんな草木に紛れて、時に埋もれて、風景に溶け込んでいく。

アルトゥル飛行場から南京までは約七百キロ。一九三七年、長崎大村飛行場から飛び立

靴を捨てた人々の銃殺の地

って南京を爆撃した飛行隊の帰還地がここでした。それから日本軍が上海を占領するまで、この飛行場が上海、南京への爆撃基地となり、その後は練習機がこの飛行場を飛びかった。戦争末期、サイパン、グアムが陥落すると、日本軍は本土決戦を前提に島全体を要塞化します。米軍が九州上陸するならば、その拠点としてきっと済州島を狙うはず、沖縄の次は済州島だと。日本の敗戦の日まで、島の要塞化は休みなく過酷につづいたのです。「経済の道」一周道路も一九三七年からは「戦争の道」へとすり替わった。海辺で採れる海藻カジメの灰も、畑の肥料のはずが火薬の原料に、大事な食料のサツマイモも火薬用アルコールの原料に。軍に土地を差し出せ！　飛行場に敷き詰める芝生を供出せよ！

軍需物資の農水産物を運ぶために道路も港もま

すます整備され、陣地造りに人々は容赦なく動員され、決戦に備えて七万五千名の日本兵が人口二十数万の島に集結して、道はつながり整えられるほどに、人間をますます生き難いほうへと送り出すようでもあり……。

　高射砲の丘のふもとには弾薬庫跡の大きな穴が二つ。そこは朝鮮戦争当時、アカを予備検束するという名目で連行された者たちが銃殺された場所です。今では立派な追慕の石碑が建立されている。でも、私は、目の前の不動の碑よりも、今そこにはない見えない靴を目で追っている。トラックで死の穴へと運ばれゆく者たちが、その道筋を知らせようと次々投げ捨てていった靴、その靴たちが生きて歩いて惑って踏みしめていた道を私は想う。断ち切られた道のその先を、どうつないで、どう歩いていこうか、そんな問いを杖に、地図なき巡礼の道、オルレの道をゆくのです。

8　曖昧でうつろな死者の場所

夜の浜辺に寄せては返す波のように、アイゴー、アイゴー、浅黄の麻の喪の衣をまとった人々が低く静かに歌うように、アイゴー、空気を震わせてアイゴー、アイゴー、死者の祭壇を前にして揺れつづけている。

ちょうど一年前、中山間の、この農村の、この家のおばあさんが、庭先でいきなり寿命が尽きてばったり倒れて亡くなった。私は島巡りの道で、たまたまその一周忌に行きあって、アイゴーの波にさらわれてしまったのでした。

儒式の法事です。形式に心が沁みとおっている。庭先から見入る私に、この村のおばあさんが、そんなに珍しいか？　こんなのは日本でもやってるだろう？　いえいえ、おばあさん、わが家じゃ、お経をあげてもらうけどね、アイゴーなんて哭《な》かないの。あんた、ひとりで旅してるのかい？　うん、わけあって、ひとりでね。ひとりの旅は寂しいよ、島の男を捕まえるといい。はいはい、おばあさん、そうします。

土地には土地の死者の魂の鎮め方がある。そういったのは、私の「父」たちのひとり、済州島からの密航者、詩人の父Bでした。

確かに、この島の暮らしのなかに織り込まれている死の風景は、私が日本で見知っているものとは違う。島の道をゆけば、畑の真ん中に、あるいは馬が放牧されている草原のまったなかに、お墓。教えられなければ、通り過ぎてしまうくらいに、普通に自然にそこに死者がいます。膝丈ほどの石垣でぐるり囲まれた、草ぼうぼうのなかにちょこんと目印の墓石。島は土葬だから、死者を土中に埋めたなら、地固めをする。死者が間違って外に彷徨い出ないよう、道に迷わぬよう、血縁の者たちは愛情込めて土を踏む。旧暦八月一日頃には、墓に生い茂った草を刈る「伐草《ボルチョ》」。一族の、そして村をあげての一大行事で、島を離れて暮らす者たちもお墓めざして戻ってくる。死者が生者を結びなおすのです。

なのに、死が生のなかにこんなにも大切に織り込まれているのに、済州島ほど「うつろな墓」が多いところもない。

虚墓。ホンミョと言います。本当に、比喩ではなく、お墓は空っぽです。葬られるべき

クンノルケ入口

遺体がない。島ですから、勿論、海での遭難者もいる。でも、なにより多いのは、四・三事件の犠牲者のホンミョ。どこで殺されてどこに埋められたかもわからぬ者、海に沈められた者、行方知れずの死者たちの、うつろな墓です。

島の南側の小さな村、東廣里《トングワンリ》に、ある一家のホンミョを訪ねたのはまだ伐草前で、草に埋もれた七つの墓石のひとつには、「氏李成實ハ済州四・三事件時西帰浦正房瀑布ニオイテ悲痛ニ死去サレタ　屍體確認モデキズ　墓所ヲ設定シタ子孫タチノ至誠ニヨリ省墓シ永世ニ不忘サレタイ」。一九九九年に刻みなおされた墓碑銘です。それ以前は、四・三による死だとは刻むこともならず、なぜ悲痛なのかということすら曖昧に、うつろにするしかなかった。

この死者たちは、無差別に一般島民を殺しはじめた軍・警の討伐隊を恐れ、逃れて、東廣里の百二十名の村人とともに山中の地の底の溶岩洞窟の奥深く、二か月も身を隠した末に見つけ出されて、山中をさまよい逃げて、ついに殺された。

彼らが潜んだのは、クンノルケという名の、まるで地中の巨大な壺のような、奥のがらんどうの闇へと細い管のような通路を這いずっていく、そんな洞窟、そこに私も身を潜めてみようと思った、闇のうつろの真っ只中にあの人たちのように生身の体で入り込んでみようと思ったのです。村から山中に逃げるように、私の背よりも高い棘のある草の繁みを追われるように、かきわけかきわけ一時間、闇に向かって細く暗い穴に這いずりこむ……。

でも、だめでした、アイゴー、にじりよる闇への恐怖に身も心も竦んで動けない、進めない、戻れない、アイゴー、死ぬに死ねない生きるに生きられない、アイゴー、アイゴー、うつろに宙吊りにされた魂たちを想う、宙吊りの私は、心から哭いていました。

9　今ここに在ることの哀しみ

ひとりの男のことを想いながら、ヨンヌニオルムを歩きました。激しい太陽の光にあぶられ、容赦ない風になぶられながら。

オルム。小山と言えばいいのでしょうか。火山島済州島には漢拏山《ハルラ》が産み落とした三百六十あまりの小さな山がぽこぽことあちこちに。オルムを知らずして島を知ったとは言えない。春には菜の花、夏は鮮やかな緑、秋にはすすきが原、冬は真っ白な雪に覆われる山、山、山。牛馬が放牧されている山もあれば、薬草の山も、薪の山もある、山は島の人々の暮らしの中にあり、死しては山に眠る者もある、四・三の虐殺を逃れて人々が逃げ込んだ山もあれば、四・三で死んだ者たちが埋められた山もある。ある詩人は、死者たちの魂はススキになりいつも島を彷徨っている、海から帰ってくる風が山のススキを抱えこむときはいつも汗に濡れた人の匂いがすると言いました。

ヨンヌニオルムもそんな小山のひとつ。なだらかな曲線のようで、軟弱な都市生活者にはなかなかにきつい山道を息を切らして登れば、ほら、三百六十度の視界が開ける、手前には点々と緑のオルム、向こうには海、小さな島が見える、風力発電の巨大な白い風車も見える。このヨンヌニオルムに春夏秋冬、雨の日も風の日も雪の日もカメラを手に二十数年間通いつめた男がいました。


その男がなぜに生まれ故郷の陸地、暮らし慣れたソウルを離れ、すべてを捨てて済州島に独りやってきたのか、日々の糧にもことかく困窮のなかで、命をすり減らすようにして、狂人とすら呼ばれながら、なぜに写真を撮りつづけたのか。そんな問いに突き動かされて、私はヨンヌニオルムにやってきたのです。初めてその男の写真を観たとき、私の中に流れ込んできたのは、〈今ここに在ることの哀しみ〉でした。オルムの美しい風景に写しこまれた、ひとりの男の心の風景。

男はこんなことを言っていたといいます。

「済州人とは何者なのかを知りたかった。困窮のなかにあっても心安らかであれる、その秘密を探り当てたならば、自分にも彼らと同じように平安が訪れるに違いないと信じた。

ヨンヌニオルム

泥棒も乞食もいない、家は門もなく開け放たれたこの土地に生きてきた島の人々に、私は私の生を豊かにする何かを見いだそうとした」

男はこうも言っていました。

「真の自由人でありたかった、自由とは孤独だった、独りでは生きられぬことを知りつつも、独りでありたかった。独りであれば、写真に打ち込めた」

男は〈イオド〉を探し求めていたのです。いま、ここ、ではない〈どこか〉にたどり着こうとしていた。だから、いつも、「今ここ」のすべてを捨てようとした。カメラをイオドへの道の杖に、孤独な心の支えに、みずからの生の秘密を写真に焼きつけようとした。

かつて済州島は陸地からの流刑の地、果ての島でした。この島の貧しさは、貧富の差など生まれようもないほどのものだったといいます。だから泥棒も乞食もいなかった。どんなに働いても空腹は充たされない、出るに出られない、そんな島だった。それゆえ、島の人々は〈イオド〉という夢を心に宿した。いつかきっとたどりつける、海の彼方の桃源郷イオド。夢のイオドがあるからこそ、「今ここ」で生きていける。「今ここ」の苦しみ痛みに耐えるための夢、本当はけっしてたどりつけないイオド。それが、二十数年間、島の人々の生の秘密、そして自分自身の生の秘密を探し求めてオルムを独り彷徨い歩いた男が得た答え。

今ここに在ることは哀しい。男の心の風景は、私の心の風景でもありました。私はオルムを歩きながら、生の秘密を探し求めて、島々を伝い歩いた心安らかならぬ自分自身の二十数年を想い起こした。島から島へ、「今ここ」からどんなに遠く離れようとしても、まやかしの島イオドはさらに遠い……。

でも、本当に、今ここに在ることは哀しい？

初めてヨンヌニオルムに立つ私のもとに、答えは問いとなって戻ってくるのです。

10　ささやかだけど大切なもの

今ここに在ることは哀しい。

これはずいぶんと欲の深い心の風景、心の声なのかもしれません。

ヨンヌニオルムを二十数年間撮りつづけた男、写真家キム・ヨンガプがこの世を去ったのは五年前、二〇〇五年のこと。筋肉が次第に麻痺し、ついには自発呼吸も不可能になる筋萎縮性側索硬化症でした。

発病してまもなく、シャッターを押すこともできなくなった。写真を諦めざるをえなくなった。やがて、山や海を漂い歩きたい、写真を撮りたいという想いも消えた。海と山の間の、島の人々が多く暮らす中山間地域の、サムダル里という村の、廃校になった小学校を住処とし、作業場とし、ギャラリーとしていた写真家は、病を得てからはそこで一日を床に臥して過ごすようになった。その病床で、かつて幻の楽園島〈イオド〉を探し求めていた写真家が、こう言ったのです。

「今ここ」が楽園だ。自分が生きて息をしている「今」こそが〈イオド〉だ。

みずからの意思とは関わりなく、みずからの体が、どんな執着も欲望も自分自身に許してはくれない。そうして図らずも執着と欲望から解き放たれたとき、今ここにあることの幸福を初めて悟ったと言うのです。

その一方で、写真家はこうも言う。この二十数年の間に広大な放牧場がゴルフ場となり、美しい中山間の草原がリゾートに変貌し、ペンションや別荘が建ち、そして済州島の人々の心から〈イオド〉が消えていった。

暮らしが豊かになれば、苦しい今を支える夢の島は必要がなくなる、ということなのでしょう。でも、どうも、そういうことだけではない。見失われたのは〈イオド〉という島ではなく、〈イオド〉とともにあった人間の生の秘密、幸せのありか、執着と欲という無限増殖する呪縛のほどき方、目に見えぬ、耳にも聞こえぬけれど、確かにそこに在るものたちの息遣い。

とまあ、写真家の悟りをなぞりつつも、私の「今ここ」には、まだ哀しみの色、孤独の痛み……。私はまだまだこのオルムを彷徨わねばならないらしい、私はまだまだ人間たち

キム・ヨンガプ写真ギャラリー

がうちに抱え込む空白、自分のうちの空白の前で足踏みしているらしい、語りえぬ記憶、何よりもかけがえのない「空白」という名の記憶へと向かう、済州島の道を歩かねばならないらしい。

何もない中山間の村にやってきて住みついた写真家キム・ヨンガプを、幼い頃からおじさんと呼んで慕って、自然とおじさんのあとを追うように写真家となったパク・フニル館長と一緒に、パク館長の運転する軽トラックに乗って、私は中山間のオルムを巡りあるきました。ええ、パク・フニル館長は、キム・ヨンガプ写真ギャラリーの館長、写真家キム・ヨンガプの遺志を継ぐ者です。

おじさんは写真のこととなると実に厳しかった、自分で考えて撮れと突き放された、何を考えて撮ったのかと鋭く問われた。そう語るパク館長ちゃんと歩いていた子どもたちの姿。写真のなかに写る道は、今はもうない。子どもたちが通った道がカメラで追いつづけているのは、時の流れの中で失われゆき、今は目には見えぬものたち。追憶です。砂利道を飛び跳ねるようにして走る軽トラのなかで、こんな山道を五キロも歩いて小学校に通ったんだと、パク館長が子どもの頃のことを問わず語りに話しました。五キロもあるから、途中で一度休憩する、それが三キロ地点。中間地点ではないんだ。残りはあとほんの二キロ！　ちょっとおおげさだけど、最後の二キロが希望の道になるんだね。村の子どもたちが生み出して、受け継いできた、歩きつづけるための、ささやかだけど、大切な智慧だったよ。

そして、キム・ヨンガプ写真ギャラリー。それは、忘れられ、失われた道を結びなおして済州島の奥深くへと人々を導く「オルレの道」の第一路、全十五キロの十キロ地点にある。歩きつづけるために足を休めるにはちょうどいい場所とパク館長。そう、きっと、生の秘密をひそかに想い起こすにもちょうどいい場所。

さて、私はいま何キロ地点あたりを歩いているのか、済州島のオルムに立って、ふっとそんなことも思ったのでした。

11　果てしない楽観

どうしても、その島に行きたかった。マラド（馬羅島）。韓国最南端の島。ぐるり一周わずか四キロあまり、歩いても立ち止まっても最南端記念碑前で記念撮影をしても名物のジャジャン麺を食べても二時間もあれば充分、ところが、済州島モスルポ港から船に乗って、ほんの二十分ほどの島なのに、風が吹けば波が荒れる。一年のうち船が出るのは九十日ほどだけなのです。こんな最果ての島でも、携帯電話はつながるのですよ、ほら、マラドから携帯で注文を受けて陸地からすっ飛んできた出前持ちが、「ジャジャン麺を注文された方ー！」てな具合でテレビで流れた携帯電話のＣＭのおかげで、今や韓国では、〈携帯、ジャジャン麺、マラド〉がワンセット。

ともかくも、地の果て、海の果てに私は行きたかったのです。しかし、人間というのはなにかと無意味に情熱を燃やすもので、ミッションに突き動かされるようにして、この最果ての島に、カトリック、プロテスタントの教会。お寺もある。逃げるならこの世の果てまで、救済もこの世の果てまで。

お寺を訪ねました。知人の紹介で、その寺で執事をしている人に会いに行きました。行き止まりの迷いようも逃げようもない場所に自分を置いてみたくもあった。島の寺に暮らす私をふっと妄想しました。

執事氏は、かつては「逃亡者」でした。一九八二年、何もかも自分の思うようにならない軍政下の韓国からアメリカへと、そう、ぼくは逃げたんだろうなぁ、と。そして、逃げた先のロサンゼルスで人生を変える出会いがあった、逃げることなど無意味なのだという気づきを得た、それは次第に確信になっていく。やがて、ロサンゼルスから韓国の最果ての島にたどりつくまでには、さまざまな迷い、紆余曲折、気づきがあった。そんな話をゆるゆると執事氏が語りました。生きること、それ自体が修業なのだと、生きることそのものを知ること、それこそが自由なのだと、生きるとは息する食べる排泄する、それだけで見事に芸術的ではないかと、実にシンプルに彼は語った。残念、私はまだそこまでは悟りきれません。共感はすれども、実感できない。

マラドの寺

彼は易を研究しています。それはつまり、人間の時間について知ることだ、と言いました。私は、自分の時間の流れを知りたい、と彼に言い、さらに、私はいつまでこうして記憶の空白を追い続けて旅をしますか？　いつまで、空白に向かい合う言葉、空白をつなぐ言葉を追い求めますか？と、やや余裕のない心で問うたのでした。

彼が生年月日、誕生時間を尋ねる、なにやら計算しながら、甲だの子だの巳だの紙に書きつける。私の目を覗き込んで、ああ、あなたはこの十年、本当によく旅をして、本当によく書いてきた、と言う、そうだなぁ、もっと自然の近くに行ってごらん、朝日と共に起きてごらん、夜明けの力をもらうようにしてごらん、そうすれば、あなたの心と体を縛っている強迫観念も和らぐはずだ、それはあなたの頭が産み出しているものなのだけどね、と言う。

しかし、最果ての島なんかに来てしまったからなのでしょうか。そうそう誰にも口にしないような言葉ばかりが、思わず彼の前でこぼれ出るのです。たとえば、こんなふうに。

「これからも独り、空白を訪ねて、言葉を探して、とどまることなく生きていくほかないとしたら、ひどく孤独です」

いや、あなたは書きつづけるよ。手元の易の本をめくりながら彼が言う。そして、顔をあげ、じっと私を見つめてこう言った。

堂々と孤独に生きなさい、人が行かない道を行きなさい、うん、あなたに贈る言葉はこれだ、「果てしない楽観」。

うーん、この言葉はじんと骨身に沁みた、堂々と果てしない孤独を生きる者の、果てしない楽観……。

これは執事氏の言葉だけれど執事氏の言葉ではない。空白から贈られた言葉。そう私は感じていました。きっとこの言葉を受け取りに私はマラドまで来た。

心の底から、ありがとう、空白。最果ての島で呟いたのでした。

12　行くよ、行くよ、空白へ

島に生まれて、島に育ったヨンソニねえさんは詩人。私より四つ年上です。ときおり私はヨンソニねえさんに手を引かれ、よそ者の目にはなかなか見えない、島の路地、島の深み、詩の言葉の生まれくるひそかな場所へと向かいます。そんなとき、私は、島で聞き覚えたこんな歌を、誰にも聞こえぬよう、低く小さく歌っている。

行くよ、行くよ、私は行くよ、北邙山《プンマンサン》へと私は行くよ
北邙山へと行く道は　なぜにこんなに寂しいのか
あの世の道は遠いというが　窓の外はもうあの世

行喪歌《ヘンサンソリ》。死者を野辺送りする者たちが、死者に成り代わって語るように歌う島の歌です。北邙山はあの世の謂い。

そう、窓の外はもうあの世、生者のいるところ、あまねく死は寄り添っている。なにより、ここは、生者たちが無数の語りえぬ死の記憶と共に生きる島、ここでは、生者たちもまた、生きていくためには、あまりの痛みに触れることすらできぬ記憶を抱えこむ。記憶とは、語って語って語ってもなお語りえぬ、言葉にも声にもならぬ、まさにその空白にこそ宿っているもの、そんな思いが島を歩くほどに骨身に沁みいってくるのでした。島に溢れる詩が、なおいっそう、強く切なくそう思わせるのでした。

行くよ、行くよ、私は行くよ、

人間とは語れぬ思いを歌に託す生き物だから、詩人とは果敢に空白に向かい、空白のありかを指し示し、空白をつなぐ言葉を探り当てようとする者だから、

行くよ、行くよ、私は行くよ、空白へと私は行くよ、

島の詩人たちはそれぞれに「行喪歌」を紡ぎだす。詩人ヨンソニねえさんが、私に贈ってくれた島の詩人たちの詩集にも、ほら、こんなふうに。

ひとりの人を失ったのち
いとしい名前が散りうせたのち
わたしはいつもギイギイきしむのだが……
心よ　おまえは苦しむんだね（キム・スニ）

また別の詩人はこんなふうに。

今は軽く書く
血の色を消して　ピンク色の愛で軽く書く
なきがらたちは菜の花畑に埋めておき　黄色に染めて書く
菜の花は血にぬれ、石塀に投げつけられて死んだ子とこどもの墓の前で泣いていたカラスの四・三の野原は

木綿布ハルモニ

絶対に忘れなければと思い、軽く軽く書く
（中略）
恥ずかしい話は絶対に忘れなければと思い
漢拏山をみつめる（ムン・ムビョン）

ヨンソニねえさんとは、私の「父」たちのひとり、詩人の父Bの紹介で出会いました。出会ってから、偶然に、ヨンソニねえさんが密航者・父Aの親戚であることを知る因縁の妙。父Aと私は血のつながりはないものの親戚のような関係、だからヨンソニねえさんと私はほぼ親戚。父Aと父Bはなんのつながりもないのですけどね、父Aも父Bも空白の人ではあるのだけれどね。そして、つい最近まで父Aと四・三の関わりを知らなかった私と、四・三の引き金になった警官発砲事件による最初の六人の死者のひとりが身内にいるという事実を大人になるまで知らなかった島育ちのヨンソニねえさんと、二人とも雷に打たれるように記憶の空白に打たれ、空白に向かうことになったという経緯があり、しかもヨンソニねえさんの親しい友は、私がかねてから会いたいと思っていた人、島育ちで今は東京で空白をめぐる言葉を呟きつづけているジョンファ先生、それもあとから知ったことで……。気がつけば、済州島で、私は、空白によってつながる縁の連鎖のなかにいました。

行くよ、行くよ、さあ、今日もヨンソニねえさんに連れられて、薄紫の実をつける仙人掌《サボテン》の自生地、海辺の村ウォルリョン里へ。ウォルリョン里には、四・三の銃弾で顎をまるごと吹き飛ばされて、話すことをもままならぬ沈黙のなかでたった独りで生きた「木綿布ハルモニ」の家がある、黒い火山石の石垣に囲まれた、今は主なき小さな家、行くよ、行くよ、ほら、あそこ……、

女がひとり　石垣の下にうずくまっています
手のひらの　仙人掌のように　うずくまっています
白い　真っ白い　木綿布で　あごを包んで……　（ホ・ヨンソン）

13　真っ白な孤独

島の南西、海辺の村ウォルリョン里、灼熱アスファルトの路傍には、ゴマの草の束が稲束のように壮観に露天干し、村のあちこちには百年草畑です、ええ、百年草というのは仙人掌《サボテン》の実のことで、薄紫の百年草は気管支系によく効くらしい、百年草ジュース、百年草チョコレート、百年草そば、百年草は村の経済にも実によく効く。のどかに波が寄せる海沿いの遊歩道には人もまばら、石垣の路地を伝って村の日常をそぞろ歩けば、女たちが何かの倉庫に集まって、かしましく、真っ赤な唐辛子を出荷用の大袋に詰めていました。

私をウォルリョン里に連れてきた詩人のヨンソニねえさんが女たちと済州方言で世間話をする、そのうちこんな問いをするりと投げ込む、木綿布ハルモニはどんな人だった？　女たちが口々に、明るい人だったよー、でも、絶対に誰ともごはんを食べようとはしなかったねー、ハルモニが食べてるところを見た者は誰もいないよー。

木綿布ハルモニ、名はチン・アヨン。かつて、島を覆った四・三の惨劇のなか、三十五歳のチン・アヨンはウォルリョン里の隣村の嫁ぎ先の家の前で、警察が放った銃弾で顎をざっくりまるごと吹き飛ばされた。血の海。生死の間を彷徨った。そして顎のない人生がはじまった。

何かを話そうとしても、言葉が形になる前にぼろぼろとこぼれおちてしまう、命をつなぐ食べ物も、嚙むに嚙めない、ろくろく飲み込めもしない。ぼろぼろとこぼれおちていくのは、言葉や食べ物だけではない、かけがえなく大切ななにかがこぼれおちて奪われて失くなりそうで、チン・アヨンは失われた顎を白い木綿布ですっぽり包み込んだ。顎のない人生を真っ白な闇に包み込んで五十五年の時を生きた。

ウォルリョン里の、ハルモニが独り住まいしていた小さな家は、白い壁、緑の屋根、ささやかな庭の隅には仙人掌、生前そのままに入口の扉には、誰もが親戚のように家々を行き交う海辺の村には似つかわしくない頑丈な錠前。ハルモニは隣家へ行くにも、ほんの数分家を離れるだけでも、なにかに脅え、なにかを守るために、固く鍵をかけたのだそうです、まるで自分自身にも鍵をかけるようにして。真っ白な家の中の、真っ白な布に包まれ

木綿布ハルモニの遺影

た、真っ白な孤独。

家の中にはハルモニを追慕する祭壇がある。ハルモニ、来ましたよ。ヨンソニねえさんがハルモニの写真に話しかけ、私は何をどう話しかければいいのかわからぬまま、ねえさんに倣って、祭壇の前で二度額《ぬか》づいて拝礼しました。ハルモニの家では、ハルモニのドキュメンタリーのＤＶＤを観ることもできる。顎を吹き飛ばされてから五十数年後、亡くなる直前に、初めてその現場を訪れたハルモニの姿が映像に残されています。

ハルモニが記憶の道をたどる、石垣の陰に立つ、ここだ、ここだよと指差す、瞬間、あの時の銃弾がもう一度ハルモニを貫く、見る見る顔が歪んでいく、あ、あ、声にならぬ声を発して両手で頭を抱える、あああ、静かな日常を送る海辺の村の片隅のひそかな白い闇から、五十数年封じられていた叫びが音もなく、あああ、聴き入りました、私はただただ聴き入りました、私の身のうちのひそかな空白もまた震えて、ああああ……。

そう、人の世は、語りえぬ空白と音に聞こえぬ残響に満ちている。その空白とつながり、その残響を身に沁みこませるための言葉をいかにして探り当てようか？　この問いこそが人を表現に向かわせ、生きるほうへと向かわせるのだと、私は実感として信じています。

しかも、人は実は古来より空白と結び合う智慧を持っている。これは、詩人ヨンソニねえさんの親しい友、ジョンファ先生が想い起こさせてくれたこと。ジョンファ先生は、島のシャーマンによる彷徨える魂の歓待の儀礼をふまえた、語りえぬ記憶を召喚する表現の「場」を開く試みを重ねている。「そのとき魂たちは確かにそこに来ている」。ジョンファ先生のその言葉も、私は実感として信じるのです。

14　アブラカダブラ、島の教え

夜になればますます黒い玄武岩の磯の浜、ざざと打ち寄せ、ゆらり身にまとわりつく波音に混じって、ライブ演奏の弾むジャズの調べ、道沿いには小洒落たカフェやレストラン、そんな海岸道路を車で通るたびに、六十年あまりも前の四・三の頃の「這いつくばり　うずくまり　父の集団が　沖へ　運ばれる」光景を想い、水死人となった父の集団が「胴体をゆわえられたまま　群をなして　浜に打ちあげられる」姿を幻視するのでした。その光景を叩きつけるような言葉で詩に書いた、私の父たちのひとり、詩人の父Bは静かにこんなことも言いましたっけ。「あの頃、続々と死体が打ちあげられる浜では、神房たちが歌い、舞い、祈っていた」

神房《シンバン》。島の死者たちと生者たちを、島の土着の神々と人間たちを、つなぐ者。沖縄で言うならユタ、あるいは神域である「御嶽《うたき》」の神に仕える神司《かみつかさ》です。ええ、済州島にも御嶽によく似た「堂《タン》」と呼ばれる神域があり、神司が御嶽で祭祀を司るように、神房が堂で祭祀を執り行いもします。ただ、かつて琉球王国の支配秩序に神職として組み込まれもした神司とは違って、済州島の神房は官とか国とか力ある大きなものとはとことん無縁、むしろこの世のはずれへ、見えないほうへと追われ、それでも島の人々の暮らしの中に脈々とその祈りの声をつないできた。島の人々もまた、神房の祈りを必要としてきました。

クッ（굿）というんです。神房が島の神々や、神となった死者たちを召喚し、生と死の交感の場を開く巫俗《ふぞく》の儀式を。父Bの浜辺の神房の祈りの話を聞いてから、私はどうしてもクッを肌で感じてみたくて、島の民俗学者に頼み込み、ある村の、ある家の、若くして死んだ息子の魂を慰めるために母親が神房に頼んで執り行うクッの現場を訪ねたのです。

いや、しかし、それはもうすさまじい音の渦、グワーン、ジャン、ガラーン、ジャン、ジャン、神房たちが打ち鳴らす鉦、銅鑼、太鼓、いやでも魂が体ごと響きのなかに溶けだしていく、これほど素朴で骨太で見事な打楽器の演奏はいまだかつて聴いたことがない。そうやってそこに在るものすべてを震わせながら神房が神を迎えるために歌い語るは、神々の来歴としての神話です。

神房の「クッ」

神房がアブラカダブラ、アブラカダブラ……、としか書けないのは、呪文のような島の言葉を聴き取りようがないからで、でもそのなかに、いついつ陸地から入島した、アブラカダブラ、いつい つ渡った日本、アブラカダブラ、名古屋、大阪、神戸、東京と、ちらほら意味の取れる言葉もある。

民俗学者が教えてくれました。クッでは神々を喜ばせるために神話を歌い語るだけでなく、クッを行っている家の生者たちの〈今ここ〉に連なる死者たちの来歴もまた、比喩と象徴と余白にみちた神話として語られる。そう、神話です。見えぬもの聞こえぬもの語れぬものの、つまりは空白のありかを指し示し、空白から物語を呼び出す、太古の人間の智慧。

クッの空間では、〈今ここ〉に集う死者と生者のためだけに、そのときかぎりの神話、命の詩が歌われます。生まれては死んでゆく人間たちの、果てしない生と死の繰り返し、その繰り返しの空しさにのまれてしまいそうな、心のうちの言葉にならぬ思い、どうしようもない空白に食われてしまいそうな、そんな生者たちに手渡される、かけがえのない〈今ここ〉の時間、〈生きている私〉のかけがえのない物語、それがクッ。

クッの音の渦の中で思ったんです。見えるもの聞こえるもの語りうるものから容易《たやす》く書かれる大きな物語―記憶の共同体―がある、その一方で、渦巻く空白から生まれきて、人間ひとりひとりの〈今ここ〉をアブラカダブラとつなぐ声がある、語られてこそ命が宿るひそかでちっぽけな物語―空白の絆―がある。

だから、語らなくちゃね、繰り返し、われらのちっぽけな物語を、アブラカダブラ、アブラカダブラ、これもまたひそかなる島の教え。

15　世界を創りなおす男

あの男の話をするには、まずは多いなる母ソルムンデハルマンの神話を語らなくてはいけません。

ソルムンデハルマン、済州島の創造主。島にまだ何もなかった頃、ハルマンのおならで天地鳴動、地から噴き出した火をハルマンが土を盛って消せば漢拏山《ハルラ》となり、あちこちにこぼれおちた土くれが無数の小山となりました。ハルマンが小便をすれば海の幸山の幸、漢拏山を枕に横たわれば足は海に突き出る、ハルマンの下着を作るには綿布百反が必要で、済州の民は下着と交換で島を陸地と地続きにしてもらうはずだったのに、九十九反しか用意できなかった、たった一反、どうしても人間の力の及ばぬ最後の領域、真っ白な綿布、たった一反の空白……、大いなる母を人間が満たそうとするには、空白を埋めるには、どうしたらいい？

ハルマンの白い乳は白い血、ハルマンには血を分け与えて産み育てた五百人の息子がおりました。飢饉で食べ物も尽きた時、ハルマンはひそかに粥の大釜に身を投じ、その血肉を息子たちに食べさせた、知らず知らず母を喰らい尽くしてしまった息子たちは立ち尽くして慟哭し、石になる、生きるためには母の白い血を飲み赤い肉を喰らうほかない哀しみ、人は愛を喰らって生きる、愛こそが人を生かす、その真実を知ってしまった息子たちのいる場所は、漢拏山・霊室、巨石奇岩が群れなして立つ聖地です。巨石群は五百将軍と呼ばれている。


そして、あの男。

今から四十年ほども前のあの頃、男は気がふれた、山の神にとりつかれた、と島の誰もが思っていました。

兵役に就いた陸地の雪岳山《ソラク》で、軍務の合間に山で美しい木の根を収集することに喜びを見いだしたのが、そもそものはじまり。済州島に戻ると、その熱はますます高じた。木の根だけでなく、火山が生み出した自然の造形の妙である石にも魅入られた。男は山に分け入り、石を探し求めた。説明不能の情熱に突き動かされ、ひたすら集めた。男を信じ、助

済州石文化公園

けたのは母親ただひとりだけでした。男はすべての時間と金と力と思いを狂ったように石に注ぎ込み、ついに病んで倒れた。

神に男の回復を祈るため、男を聖地・霊室に連れて行ったのも母親です。二人は一週間、霊室で祈りました。霊室で五百将軍に取り囲まれ、男は五百将軍の血肉となった大いなる母ソルムンデハルマンの存在をひしと感じた。そして悟った。火山島済州島の創世神話、ソルムンデハルマンと五百将軍が織り成す世界、そこに脈打つ精神、そこに流れる愛、それを、〈今ここ〉に蘇らせるために自分は石にとりつかれたのだと。

世界を創りなおす。男はそう決意した。つまり、本気で、狂った。時あたかも、済州島では、四・三の記憶もその空白も塗りつぶすようにして、農村の近代化とリゾート開発が推し進められていました。火山島独特の暮らしの風景が、どこにでもあるものに変わろうとしていた。暮らしの中の固有の石の民俗文化が消えゆこうとしていた。

どうやら、男は永遠の時を知る石の声を聞いたらしいのです。

「愛だよ、愛、失われゆく愛を取り戻せ、愛で世界を創りなおせ」

私が男に出会ったのは済州石文化公園です。四十年にわたって収集した二万点を超える木の根、石、岩、民具を、ついに手に入れた広大な敷地に配して、神話世界を〈いま、ここ〉に呼び出し、ここから世界を創りなおす、壮大な試みの場。

男が言います。神話は虚構、そんなのは百も承知だ、でも虚構の中に真実がある、なっ、そうだろ？

ええ、私もそう思います。人は神には及ばない、どうしても及ばぬあの一反の綿布、空白としか呼びようのない真実、そこから挫《くじ》け ぬ愛と想像力で立ち上げられる世界がある、人も世界も空白から繰り返し生まれなおす。

また男が言います。なるほど、君は空白めざしてこの島に来たのか、つまり、俺に会いに来たわけだ。ああ、確かに、空白は常に人間とともにあるものだから、そうか、私は「人間」に会いに来たのか……。不意に気づいたのでした。

16　君は本気なのか

済州島から戻ってきて二か月余り。思い立って訪ねた三河島は、JR山手線・京浜東北線・常磐線が交わる日暮里駅から、ほんの一駅。東京の下町です。

駅の近く、荒川仲町通り商店街をそぞろ歩きました。路地裏のような親しみやすさと素っ気なさの入り混じる小道には、韓国の匂い。すれ違った老夫婦が静かに交わす言葉は韓国語、まだ明るいのに韓国食堂からはすっかりできあがった様子で笑い騒ぐ韓国語の声、食堂の隣は看板の赤い色も鮮やかに미용실（＝美容室）、キムチ屋さんが一軒、二軒、韓国のテレビドラマを録画した手作り感溢れるビデオテープを貸す店も一軒、二軒、ほら、あの店のシャッターにはハングルで「女子寄宿舎　¥40000（一人部屋）」と空室案内の紙。

韓国食堂がひしめきあぅ路地で、呼び込まれて腰を落ち着けた食堂식당（味自慢）の日本語をカタコト話すおばちゃんは、食堂の前は美容室をやっていたとか。歩き疲れて喉が渇いた私は、おばちゃん、生小ひとつ！　は〜い、あ、でも、生小のジョッキがないから、サービスで中ジョッキで出すよー。うん、あたしはね、全羅道光州の出身、韓国で一番食べ物が美味しいところよ、この辺の韓国人の七割がたは済州人だけど、済州は全羅道ほどは美味しくない、景気？　よくないね。少し前まで沢山の韓国人がカバン工場、靴工場に働きに来ていたけど、入管が厳しくなって随分減ったね、不景気なのに、韓国人のお客も減って、食堂は大変、生きるのは大変。

そうね、生きるのは大変ね……、苦いコーヒーを味わう角の喫茶店ウィーンもやっぱりどっぷり韓国なのです。テーブル代わりの麻雀ゲーム機に肘をつき、おばちゃんたちが商売と人生の生き残り戦略をまくしたてる韓国語のたくましい響きに身を浸す、つくづく思う、この町は、かつて島伝いの道が開かれてからずっと、今もなお、旅人の流れくる小島、束の間の在所なんだな、人間はこんな町こんな島を流れ流れていくのだな、そんな人間たちの記憶と空白とが幾重にも層をなして、血の匂い、汗の匂い、肌の匂い、生きている匂い。

実のところ、つい最近まで、まったくわかっていなかったのです。済州島の詩人のヨン

三河島

ソニねえさんが、日本に暮らす済州人の人生行路を追いかけて東京に来るたびに、日暮里に宿を取っていたそのわけを。迂闊にもほどがありました。一九三〇年に釜山から船に乗って日本に渡ってきた私の祖父が、身を落ち着けてから妻子を呼び寄せたのが、東京下町の工場街、三河島だったと父が確かに書き残しているのに、父と父の記憶を蹴り飛ばしていた私はそれを読み流して、済州島の旅から戻ってくるまで気づきもしなかった。私の父たちのひとり、密航者父Aが四・三の島を闇船で脱出して落ち着いた先も三河島。そこには父Aの父親がいて、済州人たちがいて、島から島への旅人たちがいた。せめて見えない聞こえないことなら言い訳も立つ、でもね、確かにそこにいる彼らに私は会っていたはず、なのに出会えていない、出会うまで繰り返し出会いなおさなくてはいけない、彼らと彼らの記憶とその空白。

父Aに、こう尋ねたことがあります。「地上の楽園」北朝鮮への帰還事業が繰り広げられていたあの頃、北に行こうとは思わなかったの？　父Aが答えた。北が地上の楽園だなんて誰も信じちゃいなかったね。思想に生きる？　バカ言うな、ここでは生きられない、だから北に行くという現実があっただけさ、僕の父さんは無学で貧しかったけど、実に智慧深いことを言ったものだよ、貧しき者が家一軒建てるのだって五年十年はかかる、なのに戦争で荒れ果てた国土がそんなすぐに楽園になるものかってね、本気で命がけで生きている者には、人間も現実もおのずと見えない底まで観えてくるのだな。

で、君は本気なのか？

不意打ちの問い。深く息を吸って、ええ、本気ですとも、本気であなたに会い、人間に会い、何度でも出会いなおし語りなおし繋がりなおしますとも、約束します。いまここで、あなたに、本気で。

初出

カシワザキ　ざわめく空白（「カシワザキ　「空白」をめぐる旅」）『新潟日報』二〇一一年八月十二日〜二〇一二年三月三十日連載

わたしはひとりの修羅なのだ。　書き下ろし

済州島オルレ巡礼　空白のほうへ（「済州島オルレ巡礼　記憶と空白の旅」）『西日本新聞』二〇一〇年十一月一日〜十二月六日連載

絵画　屋敷妙子 作

カバー表1「空白の記憶」

カバー表4「真っ白な祈り」

表2とその対向（右から）「むすぶ言葉」「いのち」「記憶を紡ぐ」

見返し裏面（右から）「止まり木」「沈黙の記憶」「送る日」

奥付対向「創生のうた」

表3とその対向「闇をくぐる」

姜信子◎きょう・のぶこ
一九六一年横浜市生まれ。詩人・作家。八六年、「ごく普通の在日韓国人」でノンフィクション朝日ジャーナル賞受賞。主著に『かたつむりの歩き方』『私の越境レッスン』『うたのおくりもの』(以上、朝日新聞社)、『日韓音楽ノート』『ノレ・ノスタルギーヤ』『ナミイ！ 八重山のおばあの歌物語』『イリオモテ』(以上、岩波書店)、『棄郷ノート』(作品社)、『安住しない私たちの文化』(晶文社)、『今日、私は出発する ハンセン病と結び合う旅・異郷の生』(解放出版社)、『はじまれ 犀の角問わず語り』(サウダージ・ブックス＋港の人) ほか。翻訳に李清俊『あなたたちの天国』(みすず書房)、共著に『追放の高麗人』(アン・ビクトルと、石風社)、『旅する対話』(ザーラ・イマーエワと、春風社)、編集に『死ぬふりだけでやめとけや 谺雄二詩文集』(みすず書房)等。

生きとし生ける空白の物語

二〇一五年三月十一日　初版第一刷発行

著　者　姜信子
絵　画　屋敷妙子
装　幀　関宙明・小荒井良子（ミスター・ユニバース）
発行者　里舘勇治
発　行　港の人
〒二四八—〇〇一四
神奈川県鎌倉市由比ガ浜三—一一—四九
電話〇四六七（六〇）一三七四
ファックス〇四六七（六〇）一三七五
http://www.minatonohito.jp

印刷製本　シナノ印刷

ISBN978-4-89629-293-0